오늘도 어제와 비슷한 하루였다

채바
도서출판

이 책은
시작을 같은 문장으로 하면
과연 그 끝은 어떨까, 라는
간단한 호기심을 바탕으로 쓰였습니다.

글을 쓸 때는
책을 출판할 수 있을까, 하는 걱정도 있었지만
글쓰소 부원들의 상상력과 좋은 글솜씨로
멋지게 마무리할 수 있었습니다.

글쓰소 부원들의
호기심과 상상력을 바탕으로 나온 책을
즐겁고 재미있게 읽어 주시길 바랍니다.

추천의 글

  열정을 갖고 지도했던 책쓰기 동아리를 오랜만에 다시 맡게 되면서, 책이 나오기까지의 고생스러운 과정과 책을 완성했을 때의 뿌듯함이 동시에 떠올랐습니다. 하지만 그때의 저와 지금의 저는 같지 않았고, 학생들 역시 그렇다는 것을 미처 알지 못했습니다.

  책 제목과는 달리 저의 오늘은 결코 어제와 비슷하지 않았습니다. '코로나19'라는 사태로 개학이 연기되고, 생전 경험해 보지 못한 온라인 수업이라는 것을 하고, 꽃과 잎이 만나지 못하는 상사화처럼 1, 2학년 동아리 학생들을 격주로 만나면서 과연 학년말에 책을 만들 수 있을까 하는 걱정도 앞섰습니다. 하지만 저의 손길이 닿지 못하는 곳이 커질수록 학생들이 스스로 해 나가야 하는 부분이 더 많아졌고, 책 기획부터 원고 작성, 편집, 교정까지 모두 맡아준 동아리 부장과 2학년 학생들에게 이 자리를 빌려 감사의 마음을 전합니다. 또한 동아리 선배들과 온라인으로 만난 시간이 더 많음에도 불구하고 자신의 몫을 충실히 수행해 준 1학년 학생들에게도 고맙고 기특한 마음을 전합니다. 아울러 학교의 책 쓰기 활동을 적극적으로 지원해 주시는 정상화 교장 선생님, 류영미 교감 선생님과 책에 들어갈 그림을 예쁘게 그려 준 미술동아리 화홍 학생들에게도 감사드립니다.

  처음에는 낯설게 느껴졌던 코로나 속 일상도 익숙해지면서 저의 오늘은 다시 어제와 비슷해져 가고 있습니다. 하지만 비슷한 듯하면서도 다른 동아리 부원들의 글처럼, 내일은 또 오늘과 어떻게 비슷하면서도 다르게 펼쳐질지 기대되기도 합니다.

  코로나19로 인해 힘든 시간을 보냈지만, 그만큼 더 성숙해진 경덕여고 책쓰기 동아리의 글을 재미있게 읽어 주시길 바랍니다.

2021년 2월, 경덕여고 책쓰기 동아리 지도교사 김 소 연 드림

차례

황주은	페트라	006
최민정	전학생의 비밀	016
이채현	춘하	032
육장미	너에게	042
김보경	느티나무 아래서	052
김유민	어제와는 다르게	064
배유빈	그림자	074
이마음	나는 아직 학원 가는 중	092
홍효빈	반복되는 꿈	104
정지원	내일의 여행	118

작가소개   135
작가의 말   139

페트라

황주은

페
트
라

황
주
은

오늘도 어제와 비슷한 하루였다. 학교를 마치고 독서실에 가서 공부를 하고, 씻고 머리를 대충 말린 채로 침대에 누웠다. 고된 하루였다. 아마 내일도 똑같은 하루가 반복되겠지. 마법사가 돼도 다를 게 없네... 공허한 천장을 바라보며 눈을 감고 잠이 들었다.
 "헉…!"
 화들짝 놀라 잠에서 깼다. 평소 같았으면 피곤해서 아침이 돼서야 겨우 눈을 떴을 텐데, 내가 방금 받은 느낌은 분명 누가 거대한 시간마법을 쓴 것 같다. 이렇게 규모가 크게 시간을 멈추는 마법을 쓸 수 있다고? 말도 안 돼. 어쩌면 상황이 심각할지도 모르겠다는 생각을 하며 일어났다.

**

 소설 속에서 흔히 볼 수 있는 마법은 사실 실제로도 존재한다. 아주 오래전부터 극소수로 존재했던 마법사들은 자신도 모르는 새 능력을 써버리는 바람에 마녀라며 처형당하기도 하고, 자신만의 공간을 만들어 그곳에서 숨어 살기도 하고, 마법을 쓰지 않으며 일반인처럼 살아가기도 했다. 남들과 다르게 특별하다는 이유만으로 위험해질 요소는 매우 많았기에 숨기고 숨기며 살아가는 게 대부분이었다. 1900년대 전까지는 말이다.
 1900년대부터 원인 모를 이유에 의해 마법사가 갑자기 많아짐에 따라 마법사들은 그들끼리 조직을 만들고, 마법에 대한 기본적인 것을 연구하고, 이를 가르치며 마법사들끼리 교류하기 시작했다.
 마법사가 있다는 것은 각 나라의 고위 간부들은 다 알고 있는 사실이다. 마법사는 밖으로 기밀이 새어나가지 않게 철저하게 교육받고 또 비밀을 지킨다.
 마법 발현은 보통 17세 후반 즈음에 나타나는데, 발현이 시작될 때 부엉이가 창문을 두드려서 편지를 가져다준다. 그 편지를 읽으면 어느새 나는 학교의 정문에 있게 된다.
 학교에서 생활하는 3년을 마법의 힘으로 5분으로 단축해서 다닌다. 마법사라면 3년은 무조건 학교에 다녀야 하며, 우리가 생각하는 대학교와 매우 비숫한 시스템으로 흘러간다.

마법학교는 아직 인간이 가보지 못한 태평양 해저에 존재하고 있으며, 모든 게 마법으로 이루어져 있어 매우 편리하다.

자신이 마법사라는 사실은 애인, 배우자, 부모님에게도 말해서는 안 되고, 마법사끼리는 서로를 알아볼 수 있다.

**

나는 잠에 몽롱한 상태를 떨쳐내고 아공간에서 지팡이를 꺼내 들었다. 분명 잠깐 세상 전체가 멈췄었다. 이론적으로는 가능했지만 이렇게 전 세계를 멈췄다고? 원래 이런 일이 생기면 바로 학교로 가는 것이 원칙이지만 어쩌면 큰일이 생겼는지도 모른다는 생각에 학교로 바로 가지 않고 주변에 마법사가 있는지 알기 위해 통신을 보냈다.

"여러분 방금 누가 시간을 멈춘 것 같은데 느끼셨나요?"

조금 기다리자 연락이 왔다.

"어, 지수? 지수 너 지금 어디야?"

"응? 이 목소리는 나기잖아. 나기 너 괜찮아? 자다가 마법을 느끼고 일어났어. 네 목소리 들으니까 안심된다. 같이 학교로 갈래?"

"그러자. 내 쪽으로 와."

나기가 있는 곳으로 가려고 마법을 쓰려고 하는 찰나였다.

"지수야 잠깐만."

내 손목을 잡은 사람은 나와 입학 시기가 비슷해 함께 다녔던 로이였다.

"로이? 뭐야 왜 여기로 왔어? 나 나기가 있는 쪽으로 가서 같이 학교에 가려고 했어."

로이는 침착하게 얘기했다.

"지금 학교로 가면 안 돼. 일단 나랑 같이 미국 본부로 가자. 내 손 잡아."

나는 의아했지만 로이는 항상 맞는 말만 했었기에 함께 갈 준비를 하기 시작했다.

얼른 망토도 꺼내서 두르고 머리끈을 챙긴 뒤 로이의 손을 잡았다. 그는 내가 손을 잡자마자 마법술식을 완성해 어딘가로 이동했다. 이동한 곳은 미국에 있는 마법부 건물이었다. 학교에 다닐 때 한 번 와 봤지만 오늘은 사람이 엄청나게 많았다. 로이는 나를 구석에 있는 의자에 앉혀둔 뒤에 루시 교수님께 가서 말했다.

"다들 아무런 의심 없이 학교로 가는 걸 이용한 생각인가 봐요. 마법재해가 일어났을 때는 학교로 모이라는 지시 때문에요."

"응 그래 알겠다. 일단 지수한테 지금 상황 얘기해주고 이제 쉬도록 해."

로이는 고개를 끄덕이고 내게 다시 다가왔다. 나는 아까 통신하던 나기가 생각나 말을 꺼냈다.

"로이. 나기는 어쩌지? 아까 그냥 놔두고 와버렸잖아."

"나기? 내가 통신으로 여기로 오라고 했어. 근데 나기는 학교로 간 것 같네."

확실히 나기라면 호기심이 생겨서 학교로 갔을 것 같기도 하다.

"아, 맞아. 시간을 멈춘 건 뭐야? 큰 재해는 아닌 것 같은데. 누가 그런 무모한 짓을 한 거야?"

"그거 학교 총장이랑 스컬 교수가…… 뭐 마력을 아끼는 술식을 만들었다고 하던데. 학교 총장이 더 이상은 일반 도시에서 못 살겠다고 국가를 만들자고 했어. 사람들에게 마법사가 있다는 걸 공표하자고 하는 것 같더라……. 그래서 마법사 회의를 열려고 이런 무모한 짓을 한 거야. 다들 학교로 모일 걸 알고 말이야."

"뭐? 마법사 회의? 그걸 하자고 했다고? 허, 마법을 세상에 공표하자니."

"예전부터 그렇게 하자는 말은 있었잖아. 이렇게 과격한 방식으로 시도하게 될 줄 몰랐지만."

"마법사 회의는 언제 하는데? 학교 강당에서 하는 거야?"

"응 강당에서 2시간 뒤에 시작한대. 온 세상. 마법사들이 다 모이다니 얼마나 대규모일지 상상도 안 돼."

"그러게, 나는 처음이야. 마법사 회의."

"나도 처음이야. 일단 너는 여기로 데려와서 다행이다. 학교에 간 마법사들은 강당에서 공표를 해야 한다고 교육당하고 있는 것 같더라. 문에 못 나가게 마법을 걸어놨나 봐."

"설마…. 스컬 교수님한테?"
"응."
으……. 스컬 교수님은 학교에서도 유명한 분이다. 그분이 말하기 시작하면 정말. 끝도 없이 말이 이어진다. 귀에서 피가 날 정도로 들어도 끝나지 않는 수업이라고 유명했는데, 문득 내가 학교로 바로 가지 않은 것이 정말 다행이라는 생각이 들었다.

**

 2시간 동안 나는 로이와 오랜만에 보는 마법사 친구들을 봤다. 나는 지금 수험생이기에 학교에서 친했던 마법사들과도 연락하지 않았었는데 다들 연락이 뜸한 나를 걱정했던 것 같았다. 4개월이 지나면 곧 수능이 끝나기에 나는 4개월 뒤에 놀자며 그들을 안심시켰다.
 2시간이 지나고 난 뒤, 우리는 본교 강당으로 이동했다. 전 세계의 마법사들이 다 모인 자리였기에 축구장만 한 강당이 북적거렸다. 무대 쪽에는 스컬 교수님이 있었고 기진맥진한 마법사들이 보였다.
 그렇게 마법사 회의가 시작되었다.
 회의에서는 우리가 언제까지 힘을 감추고 살아야 하냐는 소리가 제일 많았고, 마법을 쓸 수 없어 불편하다고 마법이 일상에서 생활화되어야 한다고 주장하는 사람들의 목소리가 제일 컸다. 어떻게 보면 이해할 수도 있는 말들이었다.
 하지만 마법이 모두에게 알려진다면 생기는 부작용들이 너무 많았다. 루시 교수님이 대표로 나가 부작용들을 나열해 말했고 마법사들은 깊이 고민하는 것 같았다.
 그때, 전 세계에서 활농하는 디국적 기업의 대표인 유명한 사업가이자 마법으로도 유명한 마법사가 앞으로 나가 얘기하기 시작했다.
 "굳이 일반 사람들에게 알리고 국가를 만들 필요가 없지 않나요? 지금 우리의 기술력으로는 사람들이 갈 수 없는 곳에 우리만의 국가를 세울 수 있습니다. 왜 그 방법은 생각하지 못하는 것이죠?"

그의 말 한마디에 강당이 아수라장이 되었다. 아무도 생각하지 못했던 파격적인 발상이었다. 나라를 만들자고 주장하던 사람들도 그의 말은 괜찮다는 듯이 고개를 끄덕였고, 내가 들어도 그건 괜찮은 방식이었다. 마법사들만의 세계. 몇 가지의 문제점들만 보완한다면 정말 그보다 좋을 수가 없었다.

그가 다시 말하기 시작했다.

"얼마 전에 특허로 올라온 마법 술식 중에 무언가를 알고는 있지만, 누군가에게 말할 수 없게 만드는 마법이 있었습니다. 그 마법을 잘 활용한다면 마법사만이 살 수 있는 세계 내에서 취업해 살아갈 수도 있겠죠. 그렇다면 우리 마법사들이 다른 사람들과 똑같이 생활해야 할 필요도 없을 것이고……."

역시 사업가들은 다른 걸까? 세세한 그런 문제점들까지 나열해가며 얘기하는 그의 모습에 마법사 회의가 신규 사업 설명회로 바뀐 듯한 느낌도 들었다.

몇 시간을 회의한 후 마법부 총장이 말했다.

"그럼 우리가 선택할 수 있는 선택지는 3가지입니다. 어느 경우가 채택된대도 마법 헌법 제9항 마법사 회의의 규정에 따라 그 결론에 반발한다면 마법을 쓸 수 있는 능력이 박탈될 것이며, 모든 기억이 잊힐 것입니다. 그럼, 투표를 시작하겠습니다.

첫째, 마법을 세계에 반포한다.
둘째, 이대로 산다.
셋째, 우리만의 국가를 일반인은 모르는 곳에다 세운다.

선택지는 이렇게 3가지이며 기권은 없습니다. 시스템을 통해 전달되는 투표지에 투표한 뒤 제출하세요."

세계적인 사업가가 설득하는 데 안 넘어가는 사람이 있긴 할까.

새롭게 바뀔 세상에 가슴이 두근거렸다.

어쩌면 미래에 담길 중요한 순간의 시작을 내가 직접 경험한 것이니까.

**

거의 만장일치의 결과로 세 번째 선택지가 선택되었다. 새로운 자본, 국가, 경제가 시작되는 것에 많은 마법사가 설레어 했고, 제일 밑 단계부터 시작하기 위해 마법사 공동체는 활성화됐다. 이렇게 된다면 마법사들끼리 결혼해 마법을 당연히 발현하게 되는 아이들이 더 많아질 것이고, 그러면 마법사 공동체는 더 커질 것이다.

**

얼마 뒤, 마법사 모두에게 마법사들만이 살 수 있는 도시 '페트라'라는 이름과 그곳에서 일할 공무원을 모집한다는 공문이 내려왔다. 한국에서 무얼 하고 살아야 할지 몰랐던 나는 페트라에서 살고 싶어졌고 그곳에 들어가기 위해 지금 하는 수험공부를 이어나가 행정학과에 들어가야겠다는 목표도 생겼다. 모든 게 나만을 위해 일어나는 일인 것 같았다.

수능을 치고, 나는 부모님께 말씀드렸다. 사실은 마법이 있다고. 나는 마법사라고. 그때 유명한 사업가가 말했던 그 마법 숨식. W.11900이라 불리는 어떤 사실을 알고는 있지만 말할 수 없는 숨식은 마법사 모두에게 배포되었고, 그 사실을 알리려면 숨식을 무조건 쓰고 신고해야 한다는 마법 헌법도 추가됐다. 나는 내 목표와 모든 걸 알려드린 뒤 부모님의 허락을 얻었고, 수도에 있는 좋은 대학교에 합격했다.

**

대학교에 합격하고 난 뒤, 어느 정도 완성됐다는 페트라로 가는 기차역에서 기차를 기다리고 있을 때, 로이를 만났다.

"어? 로이, 오랜만이야. 잘 지냈어?"

"응 잘 지냈어. 넌 어떻게 연락 한 번이 없냐, 너무하게."

"헤헤…. 바빴지, 난! 나 대학교도 합격하고 이제는 자주 연락할 수 있어! 대학교 졸업하고는 공무원으로 취직하려고!"

"어? 나도 이번에 건축공무원으로 취직했어."

"뭐? 와 너 빠르다 멋져! 나기는 마법으로 물건 만드는 회사 취직했다던데 들었어?"

"뭐야. 나기랑은 연락했었어?"

엥? 왜 이야기가 그렇게 흘러가지?

"나기가 먼저 연락이 왔어! 뭐야 질투해?"

"아냐, 됐어. 앞으로는 나랑도 연락해 줘. 아, 너 오늘 할 일 없으면 나랑 영화 보러 갈래? 페트라 관광도 시켜줄게."

설마가 사람 잡는다는 말이 있다.

"어? 어 그래! 벌써 페트라에 영화관도 생겼어?"

"야, 생긴 지가 언젠데! 벌써 페트라에 사는 사람도 많아. 나도 집 있고."

"와, 마법사들 엄청나게 투입됐나 보네……. 너 집도 있냐? 좀 멋있다."

"그러니까 같이 데이트하자고. 나 너한테 작업 걸고 있는 거야."

미국에서 살아서 그런 걸까. 대담한 말에 내 얼굴이 빨개졌다.

* * *

전학생의 비밀

최민정

전학생의 비밀

최민정

오늘도 어제와 비슷한 하루였다.

언제나 비슷한 듯 비슷하지 않은 일의 연속이다. 잠깐 점심시간을 이용해 몰래 옥상에 와서 누운 후 잠시 생각에 빠졌다.

'언제까지 이렇게 지내야 하는 걸까?'

언제나 비슷한 하루에 지친 '요하'는 학교에서 매일 괴롭히는 걸로도 모자라서 이제는 밖에서 아주 잠깐 마주치기만 해도 시비부터 거는 같은 반 아이들 때문에 진절머리가 났다.

"아······. 자유로워지고 싶어."

"정말 자유로워지고 싶어?"

"그거야, 당연하······?"

요하는 뒤늦게 갑자기 누군가 나타나 말을 건 것을 깨닫고 놀랐다.

"왜 말을 하다 말지?"

갑자기 중세 시대에서 입을 법한 옛 느낌이 물씬 나는 정장 옷을 입은 사람이 나타나서 자신에게 말을 걸자 적잖이 놀란 요하는 대답 대신 갑자기 나타난 이상한 사람(?)에게 질문을 했다.

"다······ 당신은 누구죠?"

"나? 난 '영혼의 거래 술사 노아' 님이시다!"

'영혼의 거래 술사? 그게 뭐야. 완전히 미친 사람 아니야?'

요하는 갑자기 홀연히 나타나서 이상한 소리를 하는 이 사람은 미친 게 틀림없다고 생각했다.

"영혼의 거래 술사? 그게 뭐죠?"

"영혼의 거래 술사란 인간이 자신의 영혼을 걸고서 조건을 걸면 그게 무엇이든 들어주는 악마 거래의 일종으로 바로 그 위대한 악마가 나, 노아님이시다."

"자기도취가 심하네."

요하는 속으로 생각하려다 무심코 속마음이 튀어나왔다.

'아차! 실수했네.'

"뭐, 한낱 미개한 인간 따위가 뭘 알겠어. 속 넓은 악마인 내가 이해해야지."

'놀고 있네.'

요하는 이번엔 확실히 속으로 생각했다.

"그래서요?"

"그래서라니! 이 위대한 악마 노아님을 보고도 감탄하지 않고 도리어 이 위대한 악마 노아님에게 따지는 태도라니!"
"도대체 본인 이름을 왜 그렇게 어렵게 불러요?"
"그럼 나처럼 위대한 악마를 위대한 악마 노아님이라고 부르지 않으면 뭐라고 불러?"
"그냥 이름만 부르고 수식어를 빼면 되잖아요."
"그럼 멋이 없잖아."
'윽……. 짜증 나는 아저씨네…….'
"네. 그럼 알아서 하세요."
"그럴 거야."
"네. 그럼 잘 가세요."
"뭐? 그냥 가라고?"
"안 가시면 뭐 하시려고요?"
"넌 이 위대한 악마를 보고도 소원을 빌 생각을 않는 거야?"
"제가 왜 아저씨한테 소원을 빌어야 하는데요?"
"그거야, 넌 인간이니까."
"인간이면 무조건 소원을 빌어야 하나요?"
"그건 아니지만……. 아, 이게 아니지. 무슨 꼬맹이가 어떻게 한마디를 안 지냐?"
"전 소원 안 빌 거고요. 그리고 저 꼬맹이 아니에요."
"소원을 빌지 않겠다고? 소원을 빌지 않겠단 말을 한 인간은 네가 처음이야! 꼬맹이!"
"다들 소원 비는 거에 굶주렸나 보죠. 그리고 제가 아까 분명 꼬맹이 아니라고 했을 텐데요?"

그렇다. 요하는 화가 났다. 사실 요하는 화가 나면 무척 무서운 사람이었다. 자신을 괴롭히는 친구들에게는 화를 낼 이유도 없었다.

"그래. 너는 꼬맹이 아니다! 그러니까 소원 잘 생각해 봐!"
"거참……. 소원 안 빈다니까요."
"방금 네가 자유로워지고 싶다고 했잖아. 그건 소원 아니야?"
"……그건 소원이라기에는 좀 초라하지 않나요?"

전학생의 비밀

"초라한 소원이든 무슨 소원이든 상관없어!"
"결국 초라하다는 소리잖아요."
"그럼 자유로워지고 싶다는 게 소원이야?"
"전 그런 소원 빈다고 한 적 없어요."
"그러면 한번 맛만 봐!"
"뭘요?"
"자유로워지고 싶다는 소원! 한번 맛보기로 보여줄게!"
"네?"

그러자 노아가 노스페리아……. 어쩌고를 말하며 주문을 외우는 듯하더니 붉은빛이 나기 시작했다.

"자! 이제 다 됐어!"

노아는 이상한 행동을 한 뒤에 다 됐다고 말했다. 하지만 요하는 뭐가 달라진 것인지 알아차리지 못했다. 그야 장소도 학교 옥상 그대로고 무엇 하나 달라진 게 없으니. 적어도 이때까지는 요하가 알아차리지 못한 것도 당연하였다.

요하는 달라진 점을 급식실에서 점심을 먹을 때 알게 되었다. 달라진 점은 바로 요하를 괴롭히던 아이들에게는 요하가 보이지 않는 것이었다. 물론 다른 사람들에게는 그대로 보였다. 확실히 보이지 않으니 괴롭힘은 당하지 않았다. 하지만 요하는 은근 따돌림을 당하는 듯한 기분이 들게 되었다.

'하……. 이래서는 전이나 지금이나 다를 게 없잖아……. 아! 그리고 보니 그 애들한테 내가 보이지 않는다는 것은 노아라는 아저씨의 말이 진짜였다는 거잖아? 어떻게 이런 일이 일어날 수 있는 거지? 인간적으로 말이 되지 않잖아!'

요하는 노아라는 이름의 아저씨 때문에 생각이 많아졌다.

'그냥 원래대로 돌려달라고 하는 게 낫지 않을까? 아……. 그리고 보니 어디 있는지를 모르잖아…….'

그렇게 요하는 오늘 노아를 만난 뒤로 쭉 괴롭힘 당했던 애들한테 투명인간 취급을 당했다.

'투명인간 취급도 확실히 좋지는 않네.'

다행히 투명인간 취급을 받는 효과는 다음 날 아침이 되자 원래대로 돌아왔다. 사실 돌아온 걸 알아챈 이유는 괴롭히던 애들이 아침부터 시비를 걸었기 때문이었다.

'투명인간 취급이 더 나은 건가? 애매하네.'

요하는 투명인간 취급이 나은지 괴롭힘 당하는 것이 나은지 고민에 빠졌다. 그 덕분에 시비 거는 소리를 듣지 못했다.

'아, 옥상에 한번 가볼까?'

점심시간이 되자 요하는 노아를 처음 만났던 학교 옥상으로 향했다. 그러나 노아는 코빼기도 보이지 않았다.

"아……. 도대체 이놈의 아저씨는 어디 간 거야!"

그때 갑자기 하늘이 약간 어두워지고 익숙한 목소리가 들렸다.

"설마 나보고 한 소리는 아니겠지? 꼬맹이?"

노아가 등장했다.

요하는 노아가 갑자기 나타나 놀랐지만 놀라지 않은 척 맞받아쳤다.

"아저씨보고 한 거 맞아요! 이 못생긴 아저씨!"

"뭐라고? 이 꼬맹이 코흘리개 주제에!"

"지금 저보고 코흘리개라고 했어요? 이 바보 같은 아저씨 주제에?"

노아의 발언에 요하의 기세가 무시무시해졌다. 요하가 무서워진 노아는 결국 꼬리를 말았다.

"아……. 아니 갑자기 말이 헛나온 거예요!"

"그래요?"

웃으면서 말하는 요하의 모습은 소름이 끼칠 정도로 무서웠다.

"그렇지 참, 맛보기는 어땠어?"

노아는 급히 화제를 돌렸다.

"별로였어요."

"뭐? 별로였다고?"

"네. 그냥 별로인 정도가 아니라 완전 최악이었죠."

"그럼……소원은 안 빌 거야?"

"당연하죠. 제가 뭐하러 아저씨한테 소원을 빌어요?"

"무슨 소원이든 다 들어줄 수 있다고 해도?"

"네, 전 그런 거 다 필요 없어요."

"이렇게까지 유혹적인 소원을 거절한 인간은 네가 처음이야."

전학생의 비밀

'이때까지 한 번도 소원을 빌지 않겠다는 인간은 없었는데.'

'음…… 거절한 사람은 네가 처음이야 같은 뉘앙스의 질문은 순정 만화 같은 곳에서 잘 나오는 대사잖아.'

"말하는 것도 참 아저씨답네요."

"당연하지! 나는 나다!"

'성격이 긍정적이라고 해야 할지 머리가 꽃밭이라고 해야 할지, 아니지. 꽃밭이려면 뇌가 완전 순수하고 청정지역 그 자체여야 하는데. 그건 아닌 거 같아. 말하는 투가 마음에 안 들잖아.'

결국 요히는 그냥 노아를 뇌 구조가 의심되는 이상한 아저씨라고 결론 내렸다.

"오늘은 이만 가보지. 또 보자! 꼬맹이!"

"으…… 저놈의 꼬맹이 타령."

'그러는 본인은 얼마 살았다고!'

요하는 슬슬 점심시간도 끝나가고 하니 일단 교실로 돌아왔다. 교실에 오고 얼마 지나지 않아 수업 종이 쳤다. 그리고 뜻밖의 일이 벌어졌다. 전학생이 온 것이었다. 요하가 다니는 이곳 '퍼스트' 학교로 전학 오는 경우가 잘 없어, 오랜만의 전학생이다 보니 반이 떠들썩했다.

'근데 보통 전학생은 아침에 오지 않나?'

이런 생각을 읽기라도 한 듯 선생님이 말씀하셨다.

"자, 얘들아, 조용! 오늘 우리 반에 새로 전학 온 유한이는 아침에 갑자기 몸이 좋지 않아서 오후 늦게나마 온 거예요. 그럼 모두 이제 유한이에게 주목해 주세요."

애들이 모두

"네!"

하고 대답했다.

"그럼 유한아, 자기소개 부탁해도 될까?"

"내 이름은 '고유한' 이다."

"……."

애들은 모두 할 말을 잃었다.

"저…… 저기 유한아?"

보다 못한 선생님이 나서셨다.

"네."
"혹시 더 할 말은 없니?"
"네."
'무슨 네네 대답하는 로봇도 아니고 계속 네네만 하고 있어.'
"아…… 그, 그렇니?"
아마 선생님도 당황한 듯했다.
"네. 그럼 어느 자리에 앉으면 되나요?"
'네, 라고 하긴 했지만, 드디어 뒤에 다른 말을 했네.'
빈자리는 요하 옆자리와 요하에게 시비 거는 애 중 하나인 로미 옆자리가 있었다.
"음…… 빈자리는 두 군데네. 유한이는 어디에 앉고 싶니?"
"저쪽 자리요."
"아, 그러면 저기 가서 앉으렴."
유한이가 가리킨 자리는 요하의 옆자리였다.
'악! 왜 하필 내 옆자리야!'
선생님의 허락에 유한이는 요하의 옆자리를 향해 걸어가서 자리에 앉았다.
'하…… 전학생이 내 옆자리에 앉으면 또 애들이 시비 걸 텐데. 그렇다고 딴 데 앉으라고 할 수도 없고…… 골치 아프네.'
요하는 또 그 많은 시비들을 어떻게 감당해야 할지 고민에 빠졌다.
"자, 이제 수업 시작하자!"
"네? 선생님 지금 이런 상황에 수업하시겠다고요?"
애들이 단체로 웅성거렸다.
"그럼 수업하지 뭘 하는데?"
"뭐하기는요! 전학생이 왔으니 '자소시' 가져야죠!"
"자소시가 뭔데?"
애들이 다 같이 한목소리로 말했다.
"선생님 이런 밀도 모르세요? '자기소개 시간' 이요!"
"자기소개라면 아까도 했잖아?"
"그건 유한이 혼자만 했잖아요."
"그래서?"

"당연히 저희 소개도 해야죠!"
"그러니까 왜?"
"유한이는 반 애들 이름도 모르잖아요!"
"그게 무슨 상관이야? 공부만 하면 되지."
"와, 선생님 저희가 그렇게 안 봤는데 어떻게 그런 말씀을 하실 수가 있어요!"
이건 확실히 요하도 동의하는 마음이었다.
'확실히 이건 담임 선생님이 너무한 것 같아. 공부만 하면 된다니······.'
그때 한 목소리가 제안했다.
"그럼 선생님?"
"응?"
담임 선생님이 쳐다보니 소리의 정체는 유한이었다.
"왜 불렀니?"
"수업 시간을 빼앗기기 싫으신 거였으면 그냥 학생을 상대하지 마셔야죠."
"뭐?"
"그렇지 않나요? 수업 시간 뺏기기 싫다면서 왜 학생을 상대하고 있는 거죠? 차라리 그럴 시간에 수업하지."
유한의 말에 요하는
'와, 얘 이런 성격이었어? 진짜 사납다.'
라고 생각하며 새삼 다짐했다. 이런 애한테는 절대로 잘못 걸리면 안 되겠다고.
"······."
유한의 말에 담임 '나요자' 선생님은 할 말을 잃었다. 그리고 좀 있다가 정신을 차리고 말했다.
"너 이번 시간 마치고 교무실로 와!"
'헉, 나요자 선생님 화나면 무서운데······. 유한이 쟤 전학 오자마자 또 전학 가는 거 아니야?'
요하는 순간 유한이가 걱정됐다. 하지만 요하의 생각과는 다르게 유한이는 덤덤하게 대답했다.
"네, 그러죠."
때마침 종이 쳤다. 나요자 선생님은 유한을 째려보고 교실에서 나갔다. 그리고 유한이가 뒤따라 나갔다.
"오랜만에 온 전학생도 별거 아니네."
 애들의 반응이 선생님과 유한이가 나가자마자 달라졌다.
 '어휴…… 저런 애들이 어떻게 이런 학교에 다니고 있는 건지…….'
 사실 요하도 알고 있었다. 이 학교는 엘리트 학교지만 어떤 면에서는 재벌 학교라 불리기에. 재벌 학교라 불리는 이유는 재벌 집 아이들이 많기 때문이었다. 그리고 요하는 재벌 집 자제로 들어온 것이 아니라 실력으로 들어온 몇 안 되는 학생이었다. 그러니 유한이가 어느 집 자제냐에 따라 학교 내에서의 대우가 달라질 것이다.
 그 시각 교무실에서는 나요자 선생님이 유한을 혼내고 있었다. 유한이는 당연히 듣는 둥 마는 둥이었다.
"너, 내 말 똑바로 안 들어?"
 유한이의 태도에 더 화가 난 나요자 선생님은 말과 함께 손이 올라갔다.
 그때, 교무실 앞에 지나가던 사람은 나요자 선생님의 말과 행동을 보고 기겁을 했다. 교무실 앞을 지나가던 사람은 바로 교장 선생님이었다.
"나요자 선생님! 지금 뭐 하는 겁니까?"
"교장 선생님! 여긴 무슨 일로?"
"지금 그게 문젭니까?"
"저…….."
"나요자 선생님 도대체 이 학생에게 뭘 하려고 했던 겁니까?"
"……."
"교장 선생님, 제가 대신 설명해드리죠."
 유한이는 교장 선생님에게 자초지종을 설명하였다.
"나요자 선생님, 그렇게 이 학교의 이름을 더럽히고 싶었습니까!"
"네? 그게 무슨…….."
"아직 상황 파악이 안 되셨나 보군요."
"나요자 선생님? 아니 이제 나요자 아줌마라고 불러드려야 하나요?"
"너…….."
"그만! 나요자 선생님은 오늘부로 해고입니다."
"네?"

"그렇게 알고 이만 학교에서 나가세요."
"아니…… 어떻게 이럴 수가…… 제가 어째서 해고를 당해야 하는 거죠?"
"나요자 씨는 학생에게 폭언하였고, 폭력도 하려 하였죠. 이걸로는 부족한가요?"
"전…… 폭언, 폭력을 하지 않았습니다!"
"이런, 발뺌하시려고요?"
"나요자 씨 좋은 말 할 때 얼른 이 학교를 뜨는 게 좋을 겁니다."
교장 선생님은 유한이의 말을 듣고 나요자 선생님을 해고하였다. 물론 나요자 씨가 곱게 나가지 않자 경비원 아저씨가 해결하였다.
"정말 면목이 없습니다. 유한 님."
교장 선생님과 유한이 둘만 남자 교장 선생님이 말했다.
"미안해하지 않으셔도 됩니다. 교장 선생님."
"아닙니다. 제가 부주의하여 생긴 일입니다."
"별로 큰일도 아니었는데요."
"그렇지만……."
"그렇다면 부탁 하나만 들어주시겠습니까?"
"뭐든 말씀만 하십시오!"
"유요하 학생에 관한 정보를 주십시오."
"예? 그 학생의 정보는 왜 필요하신지요?"
"알아볼 것이 있습니다."
"음…… 알겠습니다."
교장 선생님은 유한에게 잠깐 기다려 달라고 한 뒤에 요하의 정보가 적힌 서류를 가져왔다.
"여기 있습니다."
유한이는 서류를 받아들었다.
'역시, 그랬군.'
"서류는 제가 가져가죠."
"예?"
"금방 다시 가져다드리도록 하죠."
"아…… 알겠습니다."

다시 교실로 돌아온 유한이는 요하에게 물었다.
"혹시 교과서 좀 같이 볼 수 있을까?"
갑자기 말을 걸자 놀란 유하는 대답했다.
"아…… 그래!"
"고마워."
'유한이는 괜찮은 건가? 나요자 선생님의 잔소리가 장난이 아니었을 텐데.'
"저기, 유한아."
"응. 왜?"
"괜찮은 거야?"
"뭐가?"
"나요자 선생님께 혼나지 않았어?"
"아, 그다지 혼나지는 않았어."
"정말?"
"응. 그리고 나요자 선생님 해고됐어."
"아, 그랬…… 뭐?"
"나요자 선생님 해고되셨다고."
그 말에 반 아이들도 놀랐다.
"정말 담임 선생님이 해고당하셨다고?"
"응."
'일단 수업을 듣고 나서 교무실에 가봐야겠어.'
수업이 끝나고 요하는 2층 교무실로 향했다.
"저기, 나요자 선생님 계시나요?"
요하가 교무실 문 앞에서 묻자 바로 앞에 앉아 계신 선생님 한 분이 말했다.
"아, 나요자 선생님은 이제 안 나오신단다."
"혹시 이유를 알 수 있을까요?"
"나도 잘은 모르지만 높으신 분한테 밉보여서 그렇다는 것 같더라고."
"아……."
요하는 교실로 돌아왔다.
'진짜로 이제 학교에 안 나오시나 보네.'
요하의 머릿속은 온통 이런 생각으로 가득 차게 되었다.

'왜 해고되신 걸까?'
'누구한테 밉보인 걸까?'
'그 높으신 분이 누구인 걸까?'
 의문이 꼬리에 꼬리를 물었다. 요하는 의문은 늘어나는데 해답을 찾을 수 없었다.
'혹시 오늘 전학 온 유한이와 관련이 있을까?'
 요하는 문득 그런 생각이 들긴 했지만 정말 유한이와 관련이 있을지 확신이 서지는 않았다.
 다음 닐이 뇌고 아침 해가 떴다. 그리고 또 똑같은 일상이 반복됐다. 요하는 평소와 같이 학교 갈 준비를 했다. 요하는 작년에 부모님이 돌아가시고 난 이후부터는 계속 집에 혼자 살았기에 누가 잔소리해 줄 사람이 없었다. 그런 요하에게 잔소리를 해준 사람이 나요자 선생님이었다. 나요자 선생님이 잔소리를 많이 하시긴 했지만 요하는 좋은 분이라고 항상 생각했다. 그런데 이제 못 본다고 생각하니 왠지 우울해지는 기분이 들었다.
'그렇지만 언제까지 선생님께 기댈 수는 없는 거지! 그 시기가 조금 빨리 온 걸로 생각하지 뭐!' 요하는 긍정적으로 생각하기로 했다.
'그러고 보니 노아 아저씨를 못 본 지 좀 됐네.'
 요하는 노아를 유한이 전학 왔던 날 보고 그 이후로 보지 못했었다.
'그러고 보니 유한이에게 무슨 비밀이 있어 보였는데. 어디에 사냐고 물었을 때도 얼버무렸고.'
 요하는 생각하기를 그만 멈추고 다시 학교에 갈 준비를 하기로 했다.
"얼른 준비하고 가야겠네."
"뭘 준비하는데?"
"꺅!"
 요하는 깜짝 놀라 소리쳤다.
"으악!"
 뒤이어 들린 비명의 주인공은 노아였다.
"아…… 아저씨?"
"야! 소리는 왜 질러!"
 요하와 노아는 서로 자기 할 말만 하고 있었다.

"뭐라고요? 먼저 놀라게 만든 건 아저씨잖아요!"
"아저씨라고?"
말싸움은 1시간 동안 계속되다 끝이 났다.
"그래서, 여긴 무슨 일로 온 건데요?"
"무슨 일이긴. 너 정말 소원 빌 생각 없어?"
"아! 진짜, 소원 빌 생각 하나도 없다니까 몇 번이나 묻는 거예요!"
"아, 그래. 알겠어."
'웬일로 순순히 따르는 거지?'
그렇게 노아는 풀이 죽은 모습으로 요하네 집을 나갔다.
'저렇게 강경하게 거부하는 인간은 처음이네. 아니, 처음이 아니었던가. 예전 그때 그 인간이 저런 태도를 고수했었지. 아마 이름이 '유란'이었던가?'
노아는 추억에 잠겼다.
'아저씨하고 싸우느라 학교에 지각했잖아!'
"무슨 일 있었어?"
학교로 걸어가던 요하는 유한이가 갑자기 말을 걸어 놀랐다.
"어? 아…… 아니, 별일 없었어!"
'갑자기 말을 거니 깜짝 놀랐네.'
"그래? 그럼 다행이고."
'이상하네. 이 애한테서 미세하지만, 악마의 냄새가 나는데…….'
시간은 흐르고 또 흘렀다.
'시간은 참 빨리 가는 것 같네.'
"우리가 벌써 2학년이라니……!"
"그러게."
시간은 흐르고 흘렀지만, 시간만 흐른 것이 아니라 마음도 함께 흘러갔다.
"그럼 우리가 만난 지도 벌써 1년이 다 됐단 소리도 되네!"
요하는 유한이와 친구가 됐고, 또 다른 '오뉴월'이라는 친구도 생겼다. 하지만 뉴월이의 정체는 바로 유령이었다. 요하도 처음에는 놀랐지만 뉴월이에게 좋은 친구가 되어 주었다.
사실 뉴월이를 처음 만났던 해의 학교에는 커다란 사건이 일어났었는데, 그것은 바로 한 학생이 옥상에서 떨어진 것이었다. 사실 이 학교에는 공공연한 비밀이 있었다.

그 비밀은 전교 꼴등을 하게 되면 자살을 해야 한다는 것이다. 그렇기에 학교는 목숨을 건 서바이벌이나 다름이 없었다. 또한 전교 꼴등을 하더라도 자살을 하지 않아도 되는 방법이 하나 있었는데, 그건 바로 다른 학교로 전학을 가는 것이었다.

애초에 전교 꼴등이더라도 90점 이상이면 죽지 않아도 되지만 90점 밑이라면 살기 위해 전학을 가야 했다. 만약 제때 전학을 가지 못하면 죽어야 했다. 이때까지는 죽은 학생이 없었다.

그러니 이번은 다르게 점수가 90점 밑으로 나온 학생이 전학을 가지 않고 죽었다. 아니, 가지 못한 것이었다. 자살이 아니라 타살이었으니. 누가 옥상에서 밀자 떨어져서 죽은 것이었다.

어쩌다 보니 요하와 유한이는 함께 사건을 해결하는 일을 하게 됐었다. 그 과정에서 알게 된 유한이의 정체는 무의 존재를 사냥하는 '무사'였다. 그러다 보니 요하에게서 악마 냄새-노아 때문에 생긴-를 맡았던 것이었다.

유한은 무사이기 때문에 부작용이 있었다. 주변 온도에 따라 체온이 변화하는 것이 부작용이었다. 예를 들어 주변 온도가 낮다면 체온이 높아지는 것이고, 반대로 주변 온도가 높다면 체온이 낮아지는 것이다. 이 부작용 때문에 요하와 친해지는 계기가 되기도 했었다.

조사하면서 알게 된 옥상에서 타살당한 학생의 이름은 오뉴월이었다. 뉴월이는 우리나라 대기업 회장의 하나뿐인 외손녀였다. 돈을 노린 사건은 아니었다. 돈을 노린 거라면 살려놓는 게 더 좋았을 테니. 그렇게 실마리를 풀어가다 보니 유령의 모습을 하는 뉴월이를 발견한 것이었다. 요하가 처음 발견했을 때의 뉴월이는 표정이 전혀 없었다. 이젠 아무래도 상관없다는 듯이 말이다.

하지만 뉴월이는 요하랑 같이 지내다 보니 점차 마음을 열었고 그렇게 뉴월이와 요하는 서로에게 좋은 친구가 되어주었다.

'좋은 친구가 생긴 건 좋지만 생전에 만났다면 더 좋지 않았을까?' 하고 요하는 가끔 생각하곤 했다. 하지만 어쨌든 뉴월이 같은 좋은 친구를 유령으로라도 만나서 다행이라고 생각하기로 했다.

"앞으로도 계속 마음 변치 않고 계속 친하게 지내는 거지? 유한아? 뉴월아?"
"당연한 소리를 하네?"
"응! 앞으로도 친하게 지내자!"
"고마워! 얘들아, 난 정말 너희를 만난 게 세상에서 제일 잘한 일 같아!"
그렇게 유한이와 요하, 뉴월이는 서로에게 뜻깊은 친구가 되어주었다.

춘
하

이
채
현

춘하

이채현

오늘도 어제와 비슷한 하루였다. 연재는 매일 아침 일찍 일어나 학교 가는 일상이 지루하게만 느껴졌다. 입학한 지 한 달도 채 안 되었는데 벌써 학교를 그만두고 싶다고 생각했다. 여느 때와 같이 종례를 하고 연재는 수희의 반 앞에서 기다렸다. 마침내 수희네 반 애들이 하나둘 나오기 시작했다. 연재는 처음에 문을 열고 나온 이름 모를 아이에게 눈이 갔다. 첫눈에 반한다는 것은 말이 안 된다고 생각한 연재였는데, 의아한 감정을 남긴 채 그가 사라지고 집에 가면서 수희가 체육 시간에 있던 일을 말해주었다.

"있잖아, 오늘 체육 했거든?"

"응."

"배구 수행평가 쳤는데 A 받았다."

"오, 진짜? 잘 됐네."

"우리 반에 진짜 잘하는 애 있더라. 거의 다 못 하는데 걔 혼자 서브 20개나 하는 거 있지."

"진짜 잘하네, 나는 4개밖에 못 쳤는데."

"근데 걔 보면 딱 봐도 체육 잘하게 생겼어."

수희의 말을 들은 연재는 누구인지 알 수 있었다. 확실치 않지만, 본능적으로 아까 마주친 그 아이 얘기라는 것을 알았다. 잠깐 보았지만 훤칠한 키에 탄탄한 근육을 보면 체육을 잘할 것 같다는 직감이 들었다. 수희의 말을 들은 연재는 그 아이에 대해 궁금해졌다.

다음 날, 조회 시간이 되었다.

"얘들아, 오늘부터 동아리를 선택해야 해. 교실에 붙어있는 동아리 목록 보고, 더 자세히 알고 싶은 사람은 학교 홈페이지에 들어가서 확인해서 다음 주 월요일까지 선생님께 신청서 내렴."

동아리 소식에 교실이 번잡해졌다.

"그리고 이왕이면 자신의 진로와 관련된 동아리면 더 좋겠지? 신중하게 생각해보고 정하도록 해라."

연재는 선생님의 말씀이 달갑지 않았다. 다들 확고한 목표와 의지가 있는데, 자신은 하고 싶은 것도 없고 이도 저도 아닌 것 같았다. 그래서 매번 학교에서 진로 얘기를 하면 착잡했다.

"연재야, 동아리 하고 싶은 거 있어?" 연재의 반 친구 미현이 물었다.

"동아리가 많아 보이는데 하고 싶은 게 있을지 모르겠네. 너는 하고 싶은 거 있어?"

"나는 보건 관련된 동아리에 들어가려고."

"그래? 간호학과 가고 싶은가 보네."

"응, 예전부터 간호학과 생각해 두고 있었거든."

"좋겠다. 벌써 하고 싶은 것도 생기고."

"아니야. 아직 확실치 않아서, 너도 한번 잘 살펴보고 하고 싶은 동아리에 들어가."

"그래. 그러면 좋겠다."

연재는 동아리 목록을 살펴보았다. 동아리 수는 많아 보였지만 다양한 분야로 이루어져 있지 않았다. 대부분이 보건 동아리와 교육 동아리였고 공학, 미술, 인문 동아리 조금 이렇게 있었다.

많은 동아리가 있지만, 썩 마음에 들지 않았다. 그런데 '포토그래프'라고 되어 있는 사진 동아리가 연재의 눈에 띄었다. 평소에 사진 찍는 걸 좋아하는 연재는 사진에 대해 알 수 있을 것 같아 관심을 가졌고, 무엇보다도 사진 실력을 키우고 싶어 들어가기로 했다.

첫 동아리 시간이 다가왔다. 포토그래프 동아리는 총 일곱 명이었다. 연재와 다른 1학년 두 명, 2학년 네 명으로 구성되어 있었다. 적어 보이는 숫자이지만 연재는 사진 동아리치고 꽤 많다고 생각했다. 모두가 모여 자기소개부터 하였다. 그러고는 동아리 부장을 뽑는 시간이 되었다. 먼저 나선 사람은 2학년 중 한 명이었다. 연이어 1학년 한 명이 나섰다. 각자 부장에 대한 의지를 나타냈다.

"안녕하세요, 2학년 6반 최은지입니다. 사진에 대한 열정이 넘칩니다. 동아리에 최선을 다할 것이며, 모두의 의견을 귀 기울여 듣겠습니다. 감사합니다."

"안녕하세요, 1학년 3반 지호연입니다. 사진이 좋아서 들어왔습니다. 저 또한 동아리 활동에 적극적으로 참여하고 이끌겠습니다. 감사합니다."

둘은 각각 2학년 부장, 1학년 부장을 맡게 되었다. 첫 시간이다 보니 간단한 사진에 대한 이론 수업을 들었고, 바로 다음 시간에 야외 수업을 하겠다는 소식을 들었다.

"모두 수업 듣는다고 수고했고, 우리는 사진 동아리이다 보니 야외 수업이 많을 겁니다. 바로 다음 동아리 시간에 야외 수업을 하겠습니다." 동아리 담당 선생님께서 말씀하셨다.
 종례 후 연재는 수희네 반에 찾아갔다. 수희네 교실 안에는 저번에 마주친 그 아이가 보였다. 친구들 사이에서 활짝 웃으며 이야기하고 있었다. 그 모습을 본 연재는 많은 생각이 들었다.
 '저렇게도 웃을 수 있구나.'
 '붙임성이 좋은 성격인가.'
 '나도 저렇게 같이 얘기하고 싶다.'
 연재가 이것저것 생각하는 사이, 수희네 반이 마치고 아이들이 나왔다. 항상 수희네 반이 종례하고 제일 먼저 나오는 사람은 그 아이였다. 연재의 시선은 또 그 아이에게 향하였다. 수희가 교실에 나오고 연재는 잽싸게 수희에게 물었다.
 "수희야, 저기 신발 갈아 신고 있는 애 이름 뭐야?"
 "쟤? 서현수인데, 왜?"
 "아니 그냥 친구가 쟤 이름 궁금하다고 해서." 연재는 쑥스러운지 귀여운 핑계를 대었다.
 "너 서현수한테 관심 있구나?" 수희는 눈치를 챈 듯 연재의 마음을 떠보았다.
 "그런 거 아니야. 친구가 궁금하다고 너한테 물어봐 준다고 했어."
 "그렇구나." 수희는 모른 척 넘어가 줬다.
 "그런데 현수 쟤 애들한테 인기 되게 많아. 운동도 잘하고 성격도 좋아서 거의 다 좋아하더라. 저번에 내가 배구 수행평가 잘한다던 애가 쟤였어. 알고 보니까 동아리도 배구부더라?"
 연재의 예상대로 수희가 말한 사람이 현수였다. 연재는 몰랐던 이름도 알고 현수에 대해 조금 알게 되어서 기분이 좋았다. 하지만 마음에 걸리는 게 있었는데. 바로 현수는 연재를 알지 못한다는 점이었다. 당연한 일이지만 연재는 절망에 빠졌다.
 '나 혼자 이렇게 좋아하면 뭐해. 서현수는 나를 모르잖아. 어쩌지? 수희한테 소개해달라고 할까? 아니야, 수희랑 별로 친한 것 같지도 않은데 뜬금없이 어떻게 그래.' 연재는 현수와 관계를 형성하고 싶었지만 할 방도가 없었다.
 어느덧 연재의 세 번째 동아리 시간이 되었다. 이번 동아리 시간은 인물사진에 관한 이론 수업을 했다. 그러고는 마칠 때가 되었을 때, 선생님이 과제를 내셨다.

"이번 인물사진 수업은 여기까지입니다. 그리고 과제를 하나 내줄 거예요. 다음 시간 전까지 자신이 찍고 싶은 인물을 선정해서 수업에서 배운 촬영 기법을 활용하여 세 장 정도 찍어오세요. 다음 시간에 사진에 대해서 발표할 겁니다. 누구를 찍든 어디에서 찍든 어떻게 찍을지는 자유입니다. 모두의 사진 기대할게요."

연재는 평소에 인물사진을 찍었던 경험이 많이 없어서 고민되었다. 주변에 찍을 사람을 생각해 보았지만 내키지 않았다. 가족들은 당연히 거절할 것 같았고 찍으려면 어떤 모습을 찍어야 하는지는 더 알 수 없었다. 친구들은 부끄럽고 창피하다며 안 물어봐도 거절할 게 뻔했다.

고심 끝에 결정한 사람은 바로 현수였다. 연재는 처음에 말도 안 된다고 생각했지만, 이번 기회에 자신을 현수에게 알릴 수 있고 때마침 배구부인 현수가 연습하는 모습을 찍으면 멋질 것으로 생각했다. 용기를 내서 연재는 현수에게 부탁하기로 하였다.

"최수희, 잠깐만 나와 봐." 연재는 현수네 반을 찾아가 수희를 불렀다.

"왜? 뭐 때문에 불렀어?"

"서현수 좀 불러줘."

"서현수를? 갑자기 왜 찾아?"

"부탁할 게 있어서."

"현수야, 내 친구가 너한테 할 말 있대." 수희는 현수에게 다가가 말을 걸었다. 그리곤 현수와 연재가 만났다.

"저기 안녕, 난 이연재라고 해. 5반이고. 너 현수 맞지?" 연재는 긴장한 듯 더듬더듬 말하였다.

"맞아, 내가 서현수야. 무슨 일로 찾아왔어?" 현수는 조금 당황한 눈치였다.

"사진 동아리를 하고 있는데, 자신이 찍고 싶은 사람을 찍는 과제가 있어. 네가 배구부라고 들었거든? 당황스럽겠지만 연습하는 모습을 찍고 싶어서 부탁하러 왔어."

"그렇구나, 내가 배구부라는 게 소문이 났나?" 현수는 장난기 있는 말투로 물어보았다.

"아, 어쩌다 수희한테 듣게 됐어." 연재는 당황한 내색을 내며 말하였다.
"그래? 날 찍어준다니 영광인데? 언제든지 좋아. 내일 학교 마치고 배구부 연습 있는데 그때 찍을래?"
"정말? 고마워. 끝나고 너희 교실로 갈게." 연재는 기분이 붕 떠올랐다.
"그래, 내일 보자." 현수는 싱긋 미소를 지으며 연재와 인사했다.
다음 날, 종례 후 연재는 재빨리 현수네 반으로 갔다. 이번에도 교실에서는 현수가 제일 먼저 나왔다.
"연재야, 많이 기다렸지?" 현수가 물었다.
"아니야, 별로 안 기다렸어. 가자."
"나 어떻게 찍어줄지 생각해봤어?"
"응, 어제 온종일 생각해봤는데 잘 모르겠더라고. 그래서 연습하는 거 보고 찍고 싶을 때 찍을 생각이야."
연재는 가방에 있던 카메라를 꺼냈다.
"와, 그걸로 나 찍어주는 거야? 엄청난데." 현수는 연재의 카메라를 가리키며 말하였다.
"내 휴대전화로 찍긴 어려울 거 같아서. 이 카메라도 산 지 오래돼서 화질이 좋을지 모르겠네."
"잘 찍어줘. 기대할게." 현수는 능글맞은 표정으로 연재를 바라보며 말했다.
"되게 부담된다. 부족하지만, 최대한 잘 찍어볼게."
연재와 현수가 얘기하는 동안 체육관에 도착했다. 연재는 배구부원들에게 사정을 말하고 양해를 구하였다. 현수는 몸 푸느라 바빴고, 연재 또한 어떻게 찍을지 구상하느라 바빴다. 현수가 본격적으로 연습에 들어갔다. 그걸 본 연재는 만감이 교차하는 듯했다.
'현수는 배구를 할 때 눈이 반짝이는구나. 연습할 때만큼은 진지해 보이네.'
연재는 한참을 현수에게서 눈을 떼지 못했다. 사진은 뒤로 한 채 현수만 바라보았다. 현수가 땀으로 범벅이 될 정도로 연습을 하곤 연재에게 다가왔다.
"연재야, 안 찍고 뭐해?"
"아, 찍어야 하는데 나도 모르게 너 본다고 까먹고 있었네." 연재는 얼빠진 듯한 표정을 지었다.
"뭐야, 내가 너무 멋졌어? 그래도 사진은 찍어야지."

"맞아, 네 모습이 너무 멋있었어. 얼른 찍어야겠다."

현수는 연재의 예상치 못한 답변에 얼빠진 표정을 지었다. 내심 기분이 좋은 듯 싱그러운 미소가 끊이지 않았다. 그래서인지 현수는 평소보다 더 열심히 했다. 연재는 공을 내려치기 전의 현수를 찍어보고 뜀질을 하는 현수를 찍어보기도 하고, 경기에 집중하는 현수의 모습도 담아냈다. 연재는 자신의 손으로 운동하는 사람의 열정을 담아낼 수 있다고 생각하니 가슴이 두근두근했고, 더 열심히 담아냈다. 훈련이 끝난 현수는 연재와 함께 집에 갔다.

"고생 많았어. 너 정말 열심히 하더라. 공 내려칠 때 반했잖아." 연재가 말했다.

"배구를 할 때만큼은 진지하게 임하게 돼. 그나저나 사진은 어떻게 됐어?"

"많이 찍기는 했는데, 잘 나왔을지 모르겠어. 촬영 기법까지 생각하면서 찍는 건 익숙하지 않아서 아마 서툰 게 보일 거야." 연재는 자신감 없는 목소리로 말했다.

"당연히 제대로 배워 보지도 않았고, 많이 찍어봐야 하잖아. 그럴 수 있지. 뭐 어때. 경험하면서 배우는 거지." 현수는 연재를 토닥이며 격려해 주었다.

"고마워, 일단 찍어놓은 사진 한번 봐줘." 연재는 조금은 자신감이 생겼다.

현수는 연재가 찍은 사진을 천천히 보기 시작했다.

"뭐야, 자신 없는 거 치고는 잘 찍었는데? 이런 모습을 하는 줄 몰랐네. 신기하다."

"그래? 다행이다. 네가 연습하는 모습 되게 멋졌어. 눈이 초롱초롱해지면서 보기만 해도 네 열정이 느껴지더라."

"뭐야, 그만 칭찬해. 부끄럽다." 현수와 연재는 한동안 떠들며 집에 갔다.

이후 연재와 현수는 의외로 급속도로 친해졌다. 연락도 자주 하고 마주치면 서로 인사하면서 장난도 주고받았다. 하루는 우연히 만나 같이 등교를 했고, 하루는 둘이서 점심시간에 학교를 돌면서 수다를 떨기도 했고, 하루는 같이 학교 마치고 아이스크림을 먹으며 집에 가기도 했다. 둘은 점점 추억과 우정을 쌓아갔다. 그러던 중 우정의 마음보다 사랑의 마음이 더 커졌다. 둘은 서로 좋아하지만, 상대의 마음을 몰랐다.

어느 날, 연재는 고심하다가 현수에게 고백할 것을 결심했다. 사이가 서먹해질 수도 있지만, 자신의 감정을 말하기 급급했다. 연재는 현수에게 연락했다.

"현수야, 내일 집에 같이 가자. 할 말 있어."

"그래. 알겠어."

다음 날, 현수와 연재는 학교 근처에 있는 공원에 갔다. 연재가 먼저 입을 열었다.

"너한테 진지하게 할 말 있어." 연재는 긴장해서 쉽게 말을 이어가지 못했다.

"응. 뭔데?" 그 모습을 본 현수도 덩달아 긴장되었다.

"나 너랑 친구로만 지내고 싶지 않아. 그러니까 무슨 말이냐 하면…… 널 좋아해. 너는 나 어떻게 생각해?" 연재는 현수의 눈도 제대로 쳐다보지 못하였다.

연재의 말을 들은 현수의 눈은 동그래지고 얼굴은 점점 붉어졌다. 둘 사이에 십 초 정도의 정적이 일어나고 그제야 현수가 입을 뗐다.

"연재야, 먼저 용기 내 말해줘서 고마워. 나도 너랑 같은 마음이야. 너 좋아해."

"뭐? 정말이야?" 연재는 당황했지만 기뻐하는 눈치였다.

"응, 정말이야." 현수는 웃으며 말했다.

"그러면 우리 이제 친구 아니고 뭐야?" 연재는 답을 알았지만, 일부로 현수에게 물었다.

"친구 아니고 연인이지." 현수는 말이 끝나자마자 연재의 손을 꽉 잡았다.

"좋네, 연인." 연재는 싱글벙글 웃었다.

"그런데, 우리 처음 만났을 때 나 너 처음 본 거 아니다?"

"진짜? 당연히 그때 네가 나 처음 본 줄 알았는데. 언제 나 봤어?" 연재는 말도 안 된다는 표정을 지었다.

"비밀. 나중에 알려줄게." 현수는 능글맞은 표정으로 연재를 바라보았다.

"뭐야. 먼저 말 꺼냈으면서 안 알려주기냐." 연재는 입을 삐죽 내밀며 삐친 표정을 지었다.

"그나저나 우리 이제 뭐 할까?"

"그러게. 나 너랑 하고 싶은 거 되게 많아."

연재와 현수의 공기가 평소보다 어색했지만, 손을 잡고 저녁 늦게까지 이런저런 이야기를 했다. 유치원에서 있었던 일이나 최악의 생일이었던 날에 대해서부터 좋아하는 거나 싫어하는 것까지 말하게 되었다. 사소한 이야기이지만 쉽게 꺼내지 않는 말들이었다. 둘은 따뜻한 봄에 처음 만났지만 뜨거운 여름에 새로운 만남을 시작했다.

너에게

육장미

너에게

육장미

오늘도 어제와 비슷한 하루였다. 하지만 평소와는 다른 하루였다.

어제까지만 해도 달달했던 물이, 오늘은 그저 평범한 물이 되었다. 어제까지만 해도 야속하게 천천히 흘러가던 시간을 탓하며 기다렸었는데, 오늘은 야속하게 보였던 시간마저 그리웠다. 혼자 있는 시간을 달래며, 혼자 있는 외로움을 달래며, 오직 시간이 흐르기만을 기다렸었다. 하지만 오늘은 아무런 생각도 할 수 없었다.

아직도 꿈만 같다. 아직도 믿기지 않는다. 아직도 잊히지 않는다. 그날의 추억이. 그날의 일들이. 너와 처음 만난 그날이.

**

여느 날과 다를 바 없이 지극히 평범했던 날. 나는 너를 만났다. 그날의 너는 여느 활기 넘치는 아이들과 다를 바 없이 혈기가 왕성했다. 하지만 어느 정도 시간이 흐르자, 너의 목소리가 서서히 어두워지기 시작했다.

"있잖아…… 고민 있는데 털어놔도 돼?"

"응. 하고 싶으면 언제든지 해! 나, 들어주는 거 하나는 자신 있거든!"

아직도 잊히지 않는다. 그날, 가라앉은 목소리로 네가 내게 한 말. 눈물, 콧물 흘려가며, 울먹이는 목소리로 모든 것을 내게 털어놨던 그날이.

"우리, 집에…… 형제가 두 명 있는데, 그 두 명이 공부를 진짜, 지이인짜 진짜 잘해. 그래서…… 항상 비교당하며 살아왔어."

이때까지는 그저 평범하게 공부를 잘하는 형제와 여러 비교를 당하며 사는 줄 알았다. 하지만 그다음 나온 말은 내 예상을 뛰어넘었다.

"아니, 솔직히, 공부 못한다고 때리는 건 너무하지 않아?"

"뭐? 때려?"

나는 입을 다물 수가 없었다. 믿기지 않았다. 지금 세대가 어떤 세대인데, 아직도 그런 고정관념에 갇힌 부모가 있으리라고는, 더구나 이렇게 내 주변에 있을 것이라고는 미처 생각하지 못했다.

하지만 너의 말을 듣고, 나는 믿을 수밖에 없었다.

손보다는 물건으로, 심했을 때는 골프채의 얇은 부분으로 맞았다고. 하필 눈에 잘 띄지 않은 부분에만 때려서 숨기고 다니기 쉽다고. 울먹이며 말하는 너의 모습을 보니 내 가슴이 다 시려 왔다.

너는 공부를 못하는 편이 절대 아니었다. 너는 내게 말했었다. 전교 5등을 했다고. 그런데도 못해서 혼났다는 말을 들었을 때, 나는 마음이 찢어지듯이 아팠다. 그렇다고 너는 공부만 잘하는 것도 아니었다. 대회에서 상을 받을 정도로 운동도 잘하고, 학생회에 소속되어 있고, 피아노도 잘 치고, 취미로 조각도 하고, 자기 할 일을 꾸준히, 열심히 잘하는 아이였다.

그때도 말했지만, 나는 다시 한번 말해주려 한다. 너는 절대로 못 한 것이 아니라고. 비록 너의 부모님이 대회에 나가서 탄 상장을 찢으며 이딴 것을 왜 하느냐고 비난하여도. 아무도 너의 재능을 알아주려 하지 않아도. 너 자신을 스스로 깎아내리며 비난하여도. 지금까지 잘 버텨내주고 이겨내서 살아와 준 것만으로도 고맙다고. 그리고 자랑스럽다고 말이다.

그 말이 나름대로 너에게 힘이 되었는지는 모르겠지만, 나는 내 진심을 담아서 너에게 말했다.

"그 말을, 듣고 싶었어."

다행히 내 진심이 너에게 닿은 것 같았다. 그리고 나는 속삭이듯 말했다. "괜찮아, 괜찮아, 괜찮아."라고. 그때 너는 마치 힘들게 쌓아둔 둑이 무너진 듯 보이지 않은 벽 너머로 너의 절규가 들렸다. 나는 아무런 말없이 가만히, 그저 너의 곁에 있었다.

얼마나 긴 시간이 흘렀을까. 네가 어느 정도 진정될 때쯤 나는 말했다. 괜찮으냐고. 그때 너는 조금은 밝아진 목소리로 실실거리며 말했었다. 괜찮다고. 이렇게 털어놓으니까 속이 시원하다고. 그때 나까지 덩달아 속이 시원했었다.

하지만 그다음에 들려오는 너의 말이 내 심장을 멎게 했다.

"나, 사실 오늘 진짜 죽으려고 했었다?"

"어…… 정말?"

나는 뜸을 들이며 말했다.

"응. 집에 말해봤자 소용없을 테고."

"그래도 가족인데, 네가 죽는다면 말리지 않을까?"

"나도 그럴 줄 알았어. 가족이니까…… 나를 조금이라도 가족이라고 생각하면 그럴 줄 알았는데, 아니더라."
 그때 너는 허탈하게 웃으며 내게 말했었다. 그다음 말을 듣고 나도 덩달아 허탈하게 웃을 수밖에 없었다.
 "내가 가족 앞에서 자살하려고 했었어. 밥 먹으려고 다들 모였을 때, 목에 식칼 댔었다? 근데, 또 쇼한다는 표정으로 보더니, 다들 자기 할 일 하더라."
 자기 자식이 저런 식으로 나온다면 그 누가 말리지 않으랴. 나 같았어도 말렸을 텐데. 그들은 정말 무심하기 짝이 없었다.
 "그래서 가족은 말해봤자 소용없고…… 모르는 사람 아무한테나 말하는 게 나을 것 같아서 이렇게 했는데, 이게 이렇게 될 줄은 몰랐네?"
 "그래서…… 죽을 거야?"
 나는 조심스럽게 물어봤다. 만약에 죽는다면 필사적으로 뜯어말릴 것이었으니까. 비록 새벽이라도, 네가 어디 있대도 뛰쳐나갈 생각이었으니까. 다행히 너는 그러지 않을 것이라고 말했다. 그때 나는 놀란 가슴을 쓸어내렸다.
 "고마워."
 고작 고맙다는 말 한마디였을 텐데, 그 말이 뭐라고 내 눈시울이 뜨거워졌다.
 약한 모습을 보여주면 안 되는데, 나에게 모든 것을 털어놓고 기대는 아이에게 약한 모습을 보이면 안 되는데.
 나는 참고 또 필사적으로 참았지만, 결국 실패했다.
 "설마 우는 거야?"
 네가 약간 울먹이는 목소리로 실실 웃으면서 말했다.
 "아니, 안 울거든."
 "에이, 거짓말 같은데?"
 그런 식으로 어느 정도 분위기가 다시 가벼워질 때쯤, 너는 내게 자신에게 털어놓고 싶은 것을 털어놓으라고 말했다. 나는 망설였다. 누군가에게 누설하는 것 때문이 아닌, 너의 힘듦에 비해 내 힘듦이 너무 보잘것없어서. 너무 별것도 아닌 것 같아서. 하지만 너의 생각은 달랐다.
 "아니, 사람이 힘든데, 그런 게 뭐가 중요해!"라며 나를 타이르듯 말하는 너. 그때 나도 모르게 피식 웃었다. 그런 너의 모습이 귀여워서.
 나는 한숨을 깊게 내쉬었다. 그러고는 말했다. 나의 힘듦을. 전부는 아니지만, 반 정도는 말했다.

"뭐야! 이게 어떻게 별것도 아닌 일인데!"

나를 타이르듯 위로했던 너. 타이르는 듯한 말투였지만, 좋았다. 나를 위해 그런 말을 해준 것이 기뻤는지, 그 말을 한 사람이 너여서인지는 모르겠지만, 좋았다.

나는 네가 위로를 할 때마다 나 자신을 깎아내리는 말을 했다. 지금 생각하면 내가 왜 그랬나 싶다. 굳이 그런 말을 할 필요는 없었는데 말이다. 하지만 어쩌면 나는 듣고 싶었는지 모른다. 내가 쓸모없는 사람이 아니라는 것을. 나에게도 무궁무진한 재능이 있다는 것을.

너는 말했다. 나는 대단한 사람이라고. 5시간 동안 자신과 함께 있어 주면서 질 나쁜 어두운 생각까지 바꾸어 주었다고. 그런 것은 아무나 하는 것이 아니라고.

고마웠다. 내게 그런 식으로 말해주는 사람은 네가 처음이었다. 그래서 더 고마우면서도 기뻤다. 눈물이 났다.

정말 운명과도 같았던 너와의 첫 만남. 정말 만화에서 나올 법한 너와의 첫 만남.

그 후로도 우리는 밤만 되면 서로의 목소리를 찾아다녔다. 시간이 흘러 밤뿐만이 아니라, 아침, 점심에도. 비록 떨어져 있었지만, 바로 옆에, 곁에 있는 것같이 외롭지 않았다. 그날 이후로 우리는 늘 함께했다.

시간이 흐를수록 나는 너와 좀 더 깊은 관계를 나누고 싶었다. 태어나서 남을 이렇게 좋아해 본 적은 처음이라서. 남에게 이렇게 기대고 싶은 적은 처음이라서. 이렇게 같이 있고 싶은 적은 처음이라서. 나는 너에게 한 걸음 더 다가가고 싶었다.

신이 야속하게 내 마음을 비웃기라도 한 것인지. 기어이 그날이 찾아왔다.

"응? 말해 봐. 왜 그랬냐고."

평소의 밝고 높은 목소리와는 다르게 차분하고 경직된 너의 목소리. 이 상황을 벗어날 수 없다고 생각한 나는 결국 입을 열 수밖에 없었다. 더는 네가 걱정하는 모습을 보고 싶지 않으니까. 더는 네가 이런 것에 화를 내지 않았으면 하니까.

"하…… 임자 있는 사람 건드리는 거, 싫은데."

나는 이마에 팔을 얹으며 말했다. 그러고는 짧은 적막이 흘렀다.

"혹시…… 나 좋아해?"

그때 나는 아무런 말을 할 수가 없었다. 아니, 정확히는 말이 입 밖으로 나가지 못했다.

너는 이 상황이 재밌는지 실실 웃더니, 다시 내게 물었다.

"응? 나, 좋아하냐고."

내가 또다시 아무런 말이 없자, 너는 다시 내게 물었다. 나는 더는 도망갈 길이 없다고 생각했다. 그래서 어쩔 수 없이. 아주 작은 목소리로, 말끝을 흐리며 "응."이라고 대답했다.

화가 나 저 지하 밑으로 가라앉았던 너의 목소리가, 어느새 하늘을 치솟고 올라가듯이 밝아졌다. 그 후로 너는 나에게 농담으로 이런저런 말을 던졌다. 분명 가볍게 툭 내던진 말이었는데, 나는 그렇게 느끼지 않았다. 너의 모든 말이 진심으로 느껴졌었다.

"음…… 그래, 좋아."

"응?"

나는 그때 내가 잘못 들은 줄 알았다. 비록 애인과 헤어지는 준비 중이라고 해도, 이런 나와 사귈 리가 없다고 생각했다. 나는 보잘것없으니까.

하지만 너는 나의 고백인 듯 고백 아닌 고백을 받아주었다.

아직도 잊히지 않는다. 네가 내게 했던 즉석 고백이.

"그러니까 나, 너 좋아한다고. 그러니까 우리 사귈래? 아니다, 사귀자. 우리 사귀자고."

그때 말로 표현할 수 없는 행복함이 내 가슴을 파고들어 왔다. 너무 좋아서, 정말 좋아서, 말이 입 밖으로 나가지를 못했다. 생전 처음 느껴보는 기분이었다.

내가 아무런 말도 하고 있지 않자, 너는 답답했는지 "대답은요?"라고 말했다. 그제야 나는 입을 열 수 있었다.

"그래, 사귀자."

결국 다음 날, 너는 사귀었던 사람과 정리를 하고 내게 왔다. 기뻤다.

나는 네가 비록 이런저런 사람을 만나고 다녔던 카사노바 끼가 있는 사람이라도, 그런 경험이 많은 사람이라도, 그런 아픈 일을 겪고 있다고 해도, 좋았다. 사랑스러웠다. 내 모든 것을 다 주고 싶을 정도로 사랑했다. 거의 모든 것이 나랑 너무나도 잘 맞아서 더욱더 호감이 갔다.

  하지만 불안했다. 이 행복이 과연 얼마나 갈지를. 얼마나 느낄 수 있을지를. 하지만 괜찮았다. 그렇게 빨리 끝나지 않을 테니까. 지금부터 끝내더라도 후회하지 않을 정도로 사랑을 할 거니까.

  하지만 그 불행은 내 예상보다 일찍 찾아왔다.

  솔직히 나도 예상은 했었다. 우리가 이른 시일 내로 헤어질 것 같다는 것을. 서로가 서로에게 질린 것은 절대 아니다. 단지, 바쁘다는 이유 하나였다. 하지만 그 이유가 너무나도 컸다.

  이른 새벽. 우리는 또다시 서로의 목소리를 찾았다. 그날 우리는 많은 이야기를 나누었다. 지금까지 쌓였던 것, 지금까지 말 못 했던 것을.

  그러다 결국. 내가 제일 듣고 싶지 않던 말을 듣게 됐다.

  "우리…… 헤어질래?"

  분명 약속했었다. 서로가 질린 거 아니면 헤어지자는 말을 함부로 하지 않겠다고. 하지만 그러기에는 너의 상태가 너무 위태로웠다. 단지 목소리만 듣는대도. 위태로워 보였다.

  나는 물었다. 정말 그러고 싶냐고. 너는 말했다. 그렇다고. 나는 다시는 묻지 않았다. 계속 들어봤자 달라질 것이 없기 때문이다. 괜히 아프기만 할 것이라고. 결국 우리는 헤어졌다.

  너는 이렇게 말했다. 절대로 싫어서 헤어진 것이 아니라고. 그러니까 임시로 보류해둔 것으로 생각하라고. 그래서 나는 말했다. 5년 후에, 여유가 생길 때쯤이면 고백할 것인데 받아줄 것이냐고. 너는 말했다. 모른다고. 그 목소리가 너무나도 괴로워 보였다. 억지로 쥐어짜듯이 말하는 너의 목소리가, 괴로워 보였다.

  나는 말했다. 기다린다고. 하지만 너는 기다리지 말라고 했다. 지금 생각해도 저 때 내가 왜 그런 말을 했는지 모르겠다. 기다리겠다고 말하는 것이 아닌, 기다려 달라고 해야 했다. 그래야 너의 짐을 그나마 덜어주려는 내 마음이 닿을 것이니까.

  우리는 마지막으로 서로 사랑했다고 말했다. 그렇게 목소리가 끊길 줄 알았다. 하지만 몇 초 동안 네가 흐느끼는 목소리가 들리고 나서 목소리가 끊겼다. 그때 나는 생각했다. 너도 나를 좋아했구나, 하고. 나랑 헤어지기 싫었구나,

하고.

  마음이 아팠다. 분명 서로 좋아하고 있음에도 불구하고 이런 관계를 이어나 갈 수 없다는 것이.

  그때 나는 깨달았다. 학창 시절에 연애하면 안 된다고 했던 어른들의 말의 의미를. 그냥 단순히 꼰대가 자기는 학창 시절 때 그런 짓을 못 해서, 단순히 질투를 느끼며 말한 것인 줄 알았다. 하지만 아니었다.

  우리는 서로 너무나도 바빴다. 너는 운동에 학업에 학생회 일에 과외, 나는 연습에 독학 등 서로가 서로를 챙길 시간이 없었다. 그냥 서로를 품어줄 마음의 여유도, 서로의 이야기를 들어줄 시간적 여유도 없었다. 자기 자신 하나 챙기기 바쁘고 어려운데, 남을 어찌 챙길까.

  성인이 되면 마음이나 생각이 학창 시절 때보다 나름 성장했을 것이다. 그래서 자신을 학창 시절 때보다 더 잘 통솔할 것으로 생각한다. 그래서 나는 기다릴 것이다. 5년 후에 너에게 고백하게 될 날을.

  그래서 그때까지 연애하지 않을 생각이다. 아무리 연애할 기회가 있어도.

  이번과 같은 일을 겪고 싶지 않다. 상대에게도 그 슬픔을 안겨주고 싶지 않다. 나 또한 상처받기 싫다. 돌이킬 수 없는 일을 만들고 싶지 않다.

  무엇보다 과거와 미래의 내가 봐도 부끄럽지 않은 나 자신이 되고 싶다. 그래서 떳떳하게 너의 앞에 설 것이다. 그러니까 기다려줬으면 한다. 다시 널 붙잡으러 갈 테니까. 다시 내 것으로 만들 것이니까.

  너에게 말하고 싶다. 사랑한다고. 그리고 고맙다고. 이런 나와 사귀어 주어서. 나에게 그런 행복을 느끼게 해줘서.

  기다려줘. 나, 성장해서 갈 테니까.

느티나무 아래서

김보경

느티나무 아래서

김보경

오늘도 어제와 비슷한 하루였다.
"휴 전학이라니."
 우리 집이 이사를 하여 전학을 오게 되었다. 다행히 이 학교에 아는 남자애가 있어서 같이 등교하기로 했다.
"이주희!"
"아, 또 저러네. 정현준, 너 내 이름 크게 부르지 말랬지?"
"뭐! 이름 부른다고 네 이름이 닳기라도 하냐? 이주희!"
"아니, 나한테 시선이 집중되잖아."
"ㅋㅋㅋㅋ"
 정현준 얘는 내가 말한, 어릴 때부터 아는 사이인 남자애다.
"야, 나 4반인데. 4반 어디인지 알아?"
"우리 주희, 나랑 같은 반이네."
"뭐? 아…… 얼굴 보기 싫은데……."
"그건 나도 동감인데…"
 교실로 들어간 지 얼마 지나지 않아 선생님께서 들어오셨다.
"얘들아, 오늘 새로운 전학생이 왔다. 전학생 자기소개해 볼래?"
"네. 음 얘들아 안녕. 난 이주희야."
"이주희! 예쁘다!"
 정현준이 나를 놀렸다. 난 정현준을 째려보며 말했다.
"정현준, 너 수업 끝나고 보자…!"
"으악. 무서워라."
"자자, 다들 수업 오늘도 열심히 해라. 그리고 주희야 넌 현준이 옆에 앉고."
"네에?"
"ㅋㅋㅋㅋ 이주희 잘 부탁한다?"
 조례와 1교시 수업이 끝나고 난 다음 수업 준비를 하려는데 갑자기 어떤 여자애가 다가왔다.
"너 이름이 '이주희'라고 했지?"
"응, 맞아. 왜?"
"주희? 이름 예쁘다. 나랑 친구 하지 않을래?"
 앞으로 학교에 같이 다닐 친구가 필요했는데 고마웠다.

"난 좋지. 넌 이름이 뭐야?"
"난 박연수야."
"그래. 연수야 우리 잘 지내보자!"
"응 ㅎㅎ"
 난 첫날부터 친구가 생겨서 기분이 좋았다. 하지만 날 좋게 보는 친구들도 있었지만 좋지 않게 보는 시선도 느껴졌다. 점심시간에 정현준을 처리할 계획을 실행하려고 마음을 먹었다. 점심시간이 되니 연수가 왔다.
"주희야 우리 점심 먹으러 가자! 우리 학교 급식 진짜 맛있어."
"대박! 너무 좋은 걸? 빨리 가자."
"이주희!"
 소리가 들리는 곳을 쳐다보니 정현준이 보이고 그 옆에 다른 남자들도 몇 명 있었다.
"뭐야. 정현준?"
"같이 점심 먹으러 갈래?"
"그럼 네 옆에 있는 사람들은?"
"지금부터 아는 사이하면 되지. 자 모두 자기소개 시간!"
"연수야 쟤 왜 저러는 걸까?"
"……."
 연수를 쳐다보니 연수는 놀란 표정을 짓고 말을 하지 못하고 있었다.
"일단 내 소개 먼저 할게. 난 박연후. 정현준 애보다 선배야."
"아, 선배님이시구나……."
"박연후……?"
 혹시 아는 사이인가 생각하고 있던 그때 선배님이 말씀하셨다.
"박연수, 너 아는 척하지 마라."
"뭐래. 너나 잘하셔."
"놀랐지? 나랑 얘는 남매야."
"아, 그렇군요."
"존댓말 어색한데 말 편하게 놓는 건 어때?"
"아, 그래도 될까요?"
"어차피 자주 만날 것 같거든."

"어, 알겠어."
"그럼 이제 내 소개 시간, 난 정현준이랑 친구고 이연현이야."
이연현이라는 친구는 정현준보다 더 활발한 것 같이 보였다.
"아, 그렇구나. 잘 지내보자."
"그럼, 이주희 우리 점심 먹으러 가자!"
"오케, 정현준, 가자."
모두 점심을 먹으러 갔는데 점심이 너무 맛있었다.
"급식 너무 맛있다!"
"그치, 주희야?"
"급식충 이주희 어디 가냐?"
"뭐, 정현준?"
"아니, 잘 드신다고요."
"그래. 너 밥 먹고 따라와."
"때리려고? 불쌍한 이 현준이를?"
"안 때릴 거니까 따라와."
"네······."
선배와 주변 친구들은 그 모습을 보고 웃기에 바빴다.
"와, 정현준이 맞는 모습을 보다니."
"그러니까."
"현준아, 쟤 너 잘 때려?"
"맞으면 정말 따가워."
"그래? 좋은 정보 감사, 앞으로 주희한테 너 때려달라고 해야지."
"뭐? 이연현!"
이연현은 정현준의 반응을 즐겼다. 급식을 다 먹은 후 정현준이 따라왔다.
"너 나 자기소개할 때 왜 아는 척했어?"
"아니. 그냥······ 우리 아는 사이잖아? 아, 때리지는 말아 줘."
"으휴, 됐다. 너 초코우유나 사줘."
"당연하지! 살았다."
정현준은 정말 십년감수했다는 표정으로 기뻐했다.
"그럼 다시 수업하러 가자."

나는 그 말을 하고 반으로 들어갔다. 수업을 모두 마친 후 하교 시간이 되어 연수가 나한테 다가왔다.
"너 학교 정문으로 집에 가?"
"응. 그건 왜?"
"아니, 같이 하교하려고 했지."
"좋아."
"잠깐! 이주희 너 나랑 하교하는 거 잊지 않았지?"
"아, 맞다."
"와, 이주희… 너 어떻게……."
"장난이야, 장난."
"정말 그런 거야?"
연수가 날 바라보며 물었다.
"응."
"그럼, 정현준! 너 우리 주희랑 나랑 같이 가자."
"뭐, 우리 주희?"
"정현준! 따라와."
연수는 정현준을 데리고 같이 하교했다.
"자 그럼 모두 내일 보자! 아, 정현준 너는 초코우유 꼭 사 와!"
"예, 여부가 있겠습니까."
"내일 봐 주희야."
"응, 연수야."
어째 전보다 더 시끄러운 학교생활이 될 것 같다.
"으음, 오늘 진짜 잘 잤다. 지금이 몇 시야. 7시? 준비나 하자."
어제 일찍 자서 그런지 기분 좋게 일어났다. 연락 온 게 있나 확인을 해보니 역시 와 있었다.

[정현준, 연수 …… 그 외 5명]
-정현준: 일어났음?
-이현연: ㄴㄴ
-박연후 선배: 그럼 타자치는 사람은 누구지?

-박연수: 주희야~ 일어났지?
-나: 당연!
-나: 그럼 다들 학교에서 보자~

그 말을 끝으로 나는 준비를 한 후 학교로 출발했다.
"주희야!"
"연수야!"
"아주 감격의 만남이세요!"
"야, 정현준 초코우유."
"자."
"오, 땡큐!"
떠들며 반으로 들어가니 몇 남자애들이 우릴 보고 말했다.
"야, 정현준! 너 누구랑 사귀냐?"
"뭐래……아무랑도 안 사귀거든?"
"좋은 소식 있으면 알려줘라."
아무래도 정현준은 남자애들과 두루두루 친한 것 같았다.
"아, 오늘 진짜 학교 탈출하고 싶다……."
"인정."
"이주희 그럼 가자!"
"뭐? 어떻게 가는데?"
"수업 마치고."
"아, 좋은데? 어디 갈까?"
"이 오빠가 좋은 장소 안다. 따라와라."
"네, 오빠!"
난 정현준이 말하는 게 웃겼다.
"너 방금 뭐라고 했어?"
"응? 뭐가?"
정현준의 얼굴이 살짝 붉어진 것처럼 보였다.
"아, 아니야."
수업 종이 쳐서 정현준은 도망가려 했지만 내 옆자리여서 어디 갈 수 없었다.

난 작게 말했다.
"정현준 수업 집중해."
"어, 어……."
정현준은 약간 얼이 빠져 있었다. 그 상태로 수업을 끝내고 점심시간이 되었다.
"정현준! 점심 먹으러 가자."
"그래!"
"연수야 고고."
오늘 급식은 무엇일까 기대하며 갔는데 정말 맛있었다.
"아, 행복해."
"먹을 것으로 행복을 찾는 이주희씨."
"뭐, 불만 있어?"
"아, 아뇨."
수업이 끝나고 정현준이 나를 불렀다.
"야, 가자."
"오케이 가자. 연수야 오늘은 정현준이랑 같이 놀기로 해서 같이 하고 못 할 것 같아."
"그래? 아쉽네. 내일 봐."
정현준을 따라가니 오락실에 도착했다.
"와, 여기 게임 많은데? 재미있겠다."
"잘 골랐지? 칭찬해 줘."
"그래, 그래 잘했다."
난 정현준이랑 여러 게임을 같이 했다.
"잠깐, 저기 사격게임 있네."
"크, 내가 잘하는 게임이지."
"아, 이주희 너 자신감이 넘치네. 이 게임 이기는 사람 소원 들어주기 콜?"
"콜!"
정현준과 난 사격을 했고 내가 이겼다.
"내가 이겼다!"
"아, 아쉽다……."

정현준은 정말 아쉬워 보이는 표정이었다.
"너 소원권 갖고 싶어?"
"응."
"흐음, 그래? 그럼 줄게."
"진짜?"
"대신 이상한 일 시키지 마라."
"당연하지."
"그럼 가자."
"그래."
정현준이 나를 집 앞까지 데려다주었다.
"그럼 주말 잘 보내고 내일……."
"잠시만, 할 말이 있어."
"뭔데?"
"주희야 좋아해."
"나도."
"네가 날 좋아하지 않을 수 있지만……잠깐! 뭐라고?"
"나도 너 좋아한다고 정현준."
아마 전학 후 첫 등교일 때부터였을지도 모른다. 너를 좋아하게 된 것이.
"그럼 나랑 사귀자. 주희야."
"응."
나랑 현준이는 그 뒤로 어색하게 아무 말도 없었다.
"그럼 내일 보자."
난 그 말을 끝으로 후다닥 방으로 들어갔다.
"꺄악, 아 너무 좋아!"
겉으로는 별로 안 부끄러운 척했지만 사실 정말 부끄러웠다.

[정현준♥]
-정현준♥: 이주희, 오늘부터 진짜 1일이지?
-나: 당연하지.
-정현준♥: 그래, 잘 자. 사랑해.

"아니. 어떻게 저렇게 달달해······."

[정현준♥]
-정현준♥: 주희야?
-정현준♥: 왜 읽고 답 안 해줘?
-정현준♥: 주희야~
-나: 아, 부끄러워······
-정현준♥; 오구구, 그랬어?
-정현준♥: 내 말에 답해줘~
-나: 나도, 사랑해···으악, 나 잘게 내일 봐!'

다음 날에 톡을 보니 답이 와 있었다.

[정현준♥]
-정현준♥: 귀여워. 내일 봐.

아, 성현준 일굴 이떻게 봐.

[연수~]
-연수~: 주희 어디야?
-나: 나 거의 다 왔어. 나 할 말이 있는데······.
-연수~: 뭔데?
-나: 나 현준이랑 사귀어.
-연수~: 뭐? 정말? 잘 됐다~ 너네 그렇게 될 줄 알았어.

교실에 도착하니 현준이가 있었다.
"주희야."
"응······."
아침부터 너무 잘생기면 반칙이야······.
"너 어제 귀여웠어."

"음 내가 생각해도 그랬어. 현준아."
"오빠라 해주면 안 돼?"
"어이, 거기 연애하는 거야?"
"연후형, 저희 사귀어요."
"그래? 잘 됐네."
"주희야, 오빠라 불러줘."
"음, 현준오빠!"
"윽, 아 너무 좋아."
현준이는 나를 꼭 끌어안으며 속삭였다.
"사랑해 주희야."

어제와 다르게

김유민

어제와 다르게

김유민

오늘도 어제와 비슷한 하루였다.
과거부터 당장 어제까지의 기억을 더듬어 봐도, 내게 있어 도드라지게 색달랐던 하루의 기억이란 손에 꼽을 만큼 적었다. 정해진 것처럼 하루를 열고 정해진 것처럼 하루를 마무리한다. 내가 이런 감정을 드러낼 만한 입장은 아니기는 해도, 그냥 문득 그런 생각이 들었다는 거다.

**

대낮의 뜨거운 햇빛이 쏟아지는 마룻바닥 끝에 앉았다. 한참을 그러고서 있었다. 엄마는 말없이 나를 바라보고 있다가 참다못한 듯 내 뒤통수에다 대고 몇 마디 잔소리를 얹었다.
"계속 그러고 있을 거니? 날씨도 좋은데 산책이라도 갔다 오든지 해."
"응."
나는 그런 엄마의 잔소리를 들은 체 만 체 하며 허공에다 시선을 던졌다. 뜨겁게 달구어진 지면 위로 우뚝 솟은 건물들이 아지랑이 속에 가늘게 요동치고 있었다. 등줄기를 타고 땀방울이 흐르는 것이 느껴졌다. 몸을 젖혀 마룻바닥에 등을 대고 누웠다. 핑 돌던 눈앞이 제자리를 찾고 나면 시야에는 끝도 없는 하늘이 가득 찼다. 티 없이 맑은 하늘이 어릴 때 딱 한 번 만난 적 있었던 바다 같았다. 시원한 바닷물에 두 발을 담그고 옷자락이 젖어 가는 것이 느껴져도 그저 좋았던 때가 있었다. 옛 기억에 잠길까 서 눈을 감았다. 모든 것을 내버린 채로 이 무겁기만 한 몸뚱이를 하늘에 맡기고 싶다는 생각이 들었으나 무의미한 공상일 뿐이었다.

**

뭔가를 하기 이전에, 수도 없이 망설이다 결국은 아무것도 할 수 없었던 나였다.

변화하기 시작하면 져야 할 책임이 늘어나기에 두려웠고, 그래서 언제나 시작을 꺼렸다. 이런 삶이라도 이런 삶임에 안주하며 '괜찮아', '잘하고 있는 거야' 식의 말 따위로 끊임없이 나 자신에게 최면 같은 것을 걸고는 했다. 그러니까, 말하자면, 그것은 한심하기 짝이 없는 지금의 내 모습을 인정하지 못하는 '나의 어리석은 고집'으로부터 생겨난 유일한 도피처 같은 거였다. 하지만 시간이 지나 이런 생활이 아주 당연한 것처럼 여겨지고 있을 때쯤에는 그게 다 무슨 소용인가 싶었다. 변한 것은 단 하나도 없었다. 내가 만들어 낸, 아주 두껍고 단단한 껍데기 속에 몸을 잔뜩 웅크리고 새로운 생활을 꺼리는 삶이란, 살아가는 것이라고도 할 수 없을 것 같았다.

**

"나갔다 올게요."
무작정 집을 나섰다. 이유도, 목적도 없는 외출이었다.

**

후텁지근한 바람이 한차례 나를 훑고 지나간다. 아무렇게나 걸음을 놓다 도착한 오후 두 시 경의 도심은, 차도를 달리는 버스 엔진 소리와 점포에서 흘러나오는 노랫소리, 사람들이 왁자지껄 떠드는 소리로 조용할 틈이 없어 보였다. 나는 지나다니는 사람들 사이에 멈춰 서서 하늘을 올려다보았다. 그렇게 화창할 때는 언제고, 먹구름이 하늘을 빠른 속도로 뒤덮고 있는 것이 곧 비라도 쏟아질 것 같았다.
그때였다. 이상하게 자꾸만 나의 시신을 빼앗는 것이 있었다. 남색 코트를 입은 늙수그레한 여성이었다. 여느 사람들과는 다르게 예스럽고 신비한 분위기를 풍기던 그 여자는, 이곳의 사람이 아닌 것 같았다. 그러니까 철저히 다른 세상 사람

같았다는 얘기다. 나는 그녀를 보면서 미묘한 이질감 같은 것을 느꼈다.

여자는 횡단보도의 건너편에서 나와 눈을 마주치고는 알 수 없는 미소를 지었다. 어딘가 꺼림칙하고 소름이 돋는 미소였다. 하지만 여자의 미소보다도 더 알 수 없었던 게 있었다. 여자 같은 건 보이지도 않는다는 듯 평범하게 행동하는 사람들이었다. 여자가 나에게만 보이는 것 같기도 했다. 움직이는 도심 속에서 여자와 나의 시간만이 멈춘 듯했다. 나는 여자에게서 한시도 눈을 떼지 않으려 했다. 잠깐이라도 눈을 뗀다면 언제 있었냐는 것처럼 그 자리에서 사라져 버리고 없을 것만 같았다.

**

귀를 찢는 폭음이 들린다. 흙먼지가 휘날리며 눈앞을 가린다. 나는 흙먼지 속에서 여자를 찾는다. 여자는 뒷모습을 보이며 내게서 멀어져 간다.

**

내 사고만이 되살아나 있었다. 방금 전까지 그 여자와 눈이 마주친 것, 그 여자가 나를 보고서는 의미를 알 수 없는 미소를 싱긋 지어 보인 것을 다시 생각해 보려 노력했다. 많은 것을 본 것 같은데 정작 머릿속에 남아 있는 기억은 몇 개 없었다.

이슬비가 고요하게 땅을 적시고 있었다. 바람에 뿌옇게 날리는 빗방울이 잔디가 곱게 깔린 방죽 길에 내려앉았다. 나는 혼란을 느꼈다. 분명 도망치듯 집을 나와 도심 한가운데에 서 있었는데, 이게 어찌 된 일인지 영문을 알 수 없는 노릇이었다. 몸을 더듬으며 확인해 보니 입고 있는 옷은 똑같았다. 마치 차원을 이동한 것 같은 느낌에, 몸을 부르르 떨며 주변으로 시선을 옮겼다. 어디서인지 개 짖는 소리가 들려왔고 밤이 깊지 않았건만 거리는 적막했다.

분위기가 낯선 것만 제외한다면 이곳은 우리 집의 근방이 맞았다.
 실소하였다. 무슨 일인지 몰랐다. 값없는 불행이나마 맛 보라는 운명의 심판인지는 몰라도, 역시 이것은 '갑작스러운 변화'가 빚어낸 환상과도 같은 놀라움이었다. 미아가 된 것처럼 구차한 신세를 생각하니 마음이 어두웠다. 고독이 빚어낸 아픔을 한탄한 게 죄라면 죄였던 것일까. 은근한 비가 어두운 내 마음을 비추듯이 고요히 쏟아지고 있었다. 비로 인한 애달픔을 가지기도 전에 나는 옷과 양말이 비에 젖을 것을 우려하여 생각을 멈추고 황급히 발걸음을 옮겼다. 분명 우리 집의 근방은 맞았으므로, 발 닿는 곳으로 향하다 보면 집을 발견할 수 있을 것이었다. 나는 두 팔을 들어 머리 위를 가리고 집을 향해 달렸다.

**

 명확한 확신이 서지 아니한 채 낙관부터 가지고서 계속되는 분위기 낯선 거리를 달려나갔다. 닥쳐오는 추위와 살갗에 달라붙은 비가 마음속에 깊이 들어앉은 듯 일종의 억제할 수 없는 초조와 불안이 끓어올랐다.
 집은 역시 그래 보였다. 그러나 인생은 손길이 아니 보이는 바람과 같다고 나 했나. 어느 지점에 슬픔을 놓고 갔는지 더듬어 알기 힘들었지만, 한 가지 확실한 것은 엄마가 없다는 것이었다. 어떠한 영문인지 알지도 못했지만 여러 번 이래 왔던 버릇으로 막연히 가슴속에서 아픔이 올라오고 있는 것을 실감했다. 나는 알 수 없는 두려움을 안고 집 안으로 서서히 들어갔다. 차차 불안이 가해짐이 분명할 때 아무런 동기도 없이 내려앉은 내 두 손은 나도 모르게 덜덜 떨리고 있었다. 새삼스레 머리를 스치고 지나감을 아니 느낄 수 없는 섬뜩함이 눈앞에서 어른거렸다.

**

엄마의 방문을 열고 들어가니 이제껏의 모든 고독을 집어삼킬 만큼 내 마음의 피댓줄을 널뛰게 하는 것이 있었다. 어머니의 존재는 눈을 씻고도 찾아볼 수가 없다는 것이었다. 조금씩 거세어져 가는 빗줄기를 맞고 있는지도 모르고 나는 새파랗게 질린 안색으로 아무 데나 발자국을 옮겨 놓았다.

**

음험한 기운이 독기처럼 번져 있는 방 안에서는 어머니의 어떠한 흔적도 찾아볼 수가 없었다. 홑청 속에 싸 넣은 헌 구두, 더러는 짝짝이가 된 양말들이 아무렇게나 나뒹굴어 있을 뿐이었다. 잊어서는 안 되는 귀중품을 잃은 것처럼 방 안 구석구석을 돌아다니던 나는 아무리 찾아보아도 엄마를 찾을 수 없다는 것을 알고 다리에 힘이 빠져 방구석에 나자빠졌다. 목이 메어 오는 서글프고도 간절한 그리움이 오한처럼 오스스 몰려왔다. 무엇이 잘못되었는지 생각할 것도 없이 어머니의 존재는 원래 있지도 않았던 것처럼 세상에서 흩어져 존재를 확인할 방도가 없어져 버린 것이다. 외출 따위의 사소한 곳이 아니라는 사실 정도는 집의 상태가 확연하게 증명해 주고 있었다.

누워서 눈에 스며드는 높은 하늘의 푸른빛의 우울함을 마음껏 가슴에 물들이며 부엌에서 조용히 밥을 짓던, 오붓하던 어머니를 떠올렸다. 집에서 하는 일이라고는 아무것도 없이 신세 한탄이나 하며 매 순간을 불평으로 보냈던 내 곁에 있어 준 유일한 사람이었다. 나는 뉘우치는 마음으로 새삼스레 생각하지 않을 수 없었다. 나는 이 가슴에 응어리진 슬픔에 저절로 끌리어 들어가는 나 자신을 느끼며 한탄했다.

나도 모르게 입가로 번져 나오는 울상을 단속하느라 손바닥으로 입을 틀어막았다. 조금만 무슨 일이 닥쳐도 얼굴이 새빨개지고 가슴이 두근거리는 새가슴인지라 평온한 맥박을 유지하기가 어려웠다. 나는 내가 생각해 봐도 믿어지지 않을 만큼 흥분하고 있었다. 나는 땀 기운이 솟은 등을 지고 돌아누운 자세로 어떻게 하면 이 상황을 극복할 수 있을지 생각에 빠졌다. 계속 이렇게 낙담에 빠진 상태로 지낼 수는 없는 일이었다. 눈자위를 지그시 눌렀다. 과거의 내 행태가 영화의 필름처럼 클로즈업되어 나타났다.

**

낮에 한번 집을 나서면 술에 취해 밤늦게나 되어 집에 돌아온 나는 늙은 어머니에게 온갖 종류의 근심, 걱정거리 같은 거였다. 엄마의 '어디 가니?' 하는 물음에도 대답을 않고 중문 앞으로 나갔다. 늙고 쇠약한 어머니는 잠자리에도 들지 않고 나를 기다리다 끝내 잠이 든다. 그러나 편치 못한 잠으로부터 금세 깨어난 엄마는, 아무도 없으나 그저 불이 켜져 있는 나의 방을 쓸쓸한 눈빛으로 바라보다 불을 끈다.

눈물이 어리며 울음에 신음하는 소리가 목구멍에서 터져 나올 뻔한 것을 꾹 눌러 참았다. 나는 불평만 주구장창 늘어놓았지 행복을 어떻게 만들어 나갈지에 대한 방법은 단 한 번도 생각해 본 적이 없었던 것이다. 내 곁에 늘 있어 준 사람에게 마음의 상처만 고스란히 안겨주고선 얼결에 보면 아이인지 어른인지조차 분간하기 어려운 만큼 나의 행동은 유치했고, 어리숙했고, 우스웠다. 나는 평범했던 내 일상이 이토록 그리울 수가 없다는 것을 다시금 깨달았다.

**

비는 어느새 멎어 있었고 가벼운 바람은 상쾌했다. 꼭 무례한 짓을 한 사람처럼 나는 어디다 반성을 해야 할지 몰랐다. 운명에 따라 모든 것이 진행되리라고 진작부터 체념하기에는 앞으로 해야 할 일이 많았다. 나는 돌아가서 더욱 부지런히 살아, 스스로 행복을 꾸려야 했다. 어쩌면 지금 내 모습은 일상에 대한 불평만 늘어놓다가 시간을 흘려보낸 어리석은 내 미래일지도 모르는 것이었다.

**

거울을 보니 파리한 얼굴에 눈만 이상하게 빛나는 나는 여태껏 해 본 적이 없는 생각을 하였다. 그 늙은 여자를 만났던 길을 다시 돌아가 보자는 생각이었다. 일종의 본능적인 느낌이 들었다. 그 자리에 여자가 서 있고 돌아갈 수 있을 것 같은 느낌. 때로는 오히려 어떤 금지조차 부여하고 있는, 거기는 또 그런 윤리가 지배하는 생각이 맹렬한 동요를 갖게 하는 법이다. 나는 서둘러 자리를 털고 일어나 세차게 달렸다. 초라하게 이곳에 남아 있는 것은 조금도 자랑이 될 수 없었다. 그것은 견딜 수 없는 일이었고, 일상의 행복을 추구하는 나와는 맞지 않으므로.

**

그렇게 걸어 우두커니 다시 거리에 가서 종로 거리를 바라보았다. 나는 쓰라리게 웃었다. 무슨 정신인가. 그 늙은 여자가 이 일과 무슨 관계라도 있다는 듯이 굴다니 어리석은 발상임이 틀림없었다.

그때였다. 오한이 들 듯이 정신이 몽롱해지더니 눈앞에 뿌예지면서 흐려지기 시작했다. 거리를 걷는 사람들의 얼굴이, 그들의 걸음걸이가 서서히 멀어져 갔다. 역시 운명은 손길이 아니 보이는 바람과 같다고나 해야 할까. 어느 길에 기쁨을 놓고 가고 어느 길에 슬픔을 놓고 갔는지 더듬어 알기 힘들었지만, 한 가지 알 수 있는 것은 내가 다시 일상으로 돌아왔다는 것이다. 이제는 완전히 돌아온 것을 느끼며 집에 발을 옮겨 디딜 때까지 그 이상하고도 괴이한 경험은 오랫동안 나의 눈앞에서 어른거렸다.

오늘도 어제와 비슷한 하루였다. 그리고 아마 내일도 오늘도 비슷한 하루일 것이다. 그러나 나는 일상의 소소한 행복을 드디어 찾았고, 앞으로도 노력을 통해 행복을 실컷 구가할 것이 틀림없다. 나는 좀 더 빠른 걸음걸이로 은근히 비 내리는 거리를 지나쳐 집으로 향했다. 비슷한 하루가 지겹다면 바꾸어 나가면 될 일이었다.

***

그림자

배유빈

그림자

배유빈

오늘도 어제와 비슷한 하루였다. 늘 일찍 일어나는 편이기에 아침은 항상 여유롭다.

뭐, 아무나 이해하기 어렵겠지만 말이다. 매일 밤 기도를 한다. 내일은 조용한 하루이기를, 하루하루 더 나은 세상이 되기를. 늘 기도를 하지만 출근길이 긴장되는 건 변하지 않는 것 같다.

오늘도 아침을 시작하는 뉴스에는 많은 사건들이 나온다. 오늘은 알고 있던 연쇄살인 사건 이야기가 나왔다. 그 범인의 매우 악질적인 점은 피해자들의 엄지손가락에 칼로 십자가를 그어 놓는다는 것이다. 참 소름 끼치는 녀석이다. 역시 출근을 하니 다들 그 연쇄살인범 이야기 중이었다. 큰 사건이기에 범인을 잡는 강력계 팀에게 어마어마한 대가가 주어질 것이기 때문이다. 며칠째 듣고 있지만 적응은 안 된다.

"어휴, 저놈 생각보다 엄청 큰 놈이야……."

고 반장님이 말씀하셨다.

"그러게요. 머리 쓰는 놈이네요."

"놈인지 아닌지 모르죠."

박 형사의 말에 정적이 흘렀다. 그 정적 사이 전화 소리가 귀를 찌르듯 울려댔다.

"네? 알겠습니다. 당장 출동하겠습니다."

평소 큰 소리를 내지 않으시는 고 반장님의 쩌렁쩌렁 놀라는 목소리에 모두가 숨죽였다. 짧은 정적이었지만 그 시간 동안 불길한 기운이 그 공간을 채웠다.

"……."

"네? 당장 순찰부터 돌려야겠네요!"

장 형사가 매우 놀라 말했다.

불길한 예상은 늘 비껴가지 않는다. 우리 동네에서 그 악질 연쇄살인범이 범죄를 저질렀다고 한다. 한순간에 일어난 이런 일이 믿기지 않았고 꿈만 같았다.

"그 악질, 어떤 생각을 하고 있는지 몰라. 일단 우리 팀은 현장으로 이동하자."

피하고 싶었다. 살인사건을 두 번 정도 경험해 본 적이 있지만, 살인사건만 맡을 때면 거의 잠을 못 잔다고 봐야 한다. 정신적으로도 신체적으로도 너무 힘들기 때문이다. 심지어 연쇄살인사건은 처음이다. 하지만 피할 수 없으니 그 범인은 우리 팀에서 잡는다는 생각으로 출동했다.
 도착하니 이 사건 담당 윤 검사님께서 먼저 와 계셨다.
 "정말 최악이네요."
 윤 검사님의 힘 빠진 목소리와 함께 보지 않아도 현장이 그려지듯 했다.
 "이 형사. 할 수 있겠어? 못하겠으면 말해. 다른 팀을 부르면 돼."
 오 형사님의 배려인지 무시인지, 경력이 얼마 되지 않는 여형사라 그런지 그 말에 자존심이 너무 상했다. 마음속으론 백 번이고 수백 번이고 피하고 싶었지만 정신 차려 보니 이미 그 사건 현장 앞이었다.
 끔찍했다. 당장 달려나가고 싶었다. 불과 몇 분 전 그 순간의 내가 너무 후회스러웠다. 상상 이상으로 현장은 참혹했고 이번에도 역시 피해자의 엄지손가락엔 십자가가 그어져 있었다.
 "주변 CCTV, 블랙박스 다 확보했나요?"
 미리 도착해있던 순경들에게 물었다.
 "확보했습니다. 그런데…… 한번 보세요."
 "하……역시 머리를 잘 쓰는 놈이야."
 잘도 피해 갔다. 역시 그놈의 얼굴은 무슨 몸도 절반 이상이 나온 증거가 없었고, 경로를 예측하기에도 턱없이 부족한 자료들이었다.
 "우리 동네의 CCTV 위치나 길을 잘 알고 있는 것 같죠?"
 오 반장님께 물었다.
 "응, 그렇네. 최대한으로 증거 자료를 모아보자."
 "네……."

**

 증거를 확인하고 있는 윤 검사님의 뒷모습이 너무 지쳐 보였다.
 "힘드시죠? 며칠 동안 잠도 못 주무신 것 같은데……."
 "어쩌겠어요. 이놈 꼭 잡아야 해요."
 윤 검사님의 목소리에 분노가 느껴졌다.

그 사건 현장에서 밤을 새우고 돌아가는 길에 어제 나와 이야기한 순경에게서 전화가 왔다.
"무슨 일이야?"
"형사님, 그 범인은 나오지 않았지만 목격자가 있는 것 같습니다."
전화 너머로 들리는 소리에 고 반장님이 내 휴대폰을 뺏어 들었다.
"당장 파일 보내!"
고 반장님 엄청 피곤하실 텐데 열정이 어마어마하시다. 잠시 눈을 붙이려 했는데 눈을 붙이기는 무슨, 언제쯤 잠을 잘 수 있을지······.
도착하여 파일을 받아보니 우리가 자주 시켜 먹는 치킨집 사장님이셨다. 의문점이 있다면 유일한 목격자인데 왜 우리에게 아무 말도 하지 않았을까? 우리와 평소 가깝게 지냈는데 말이다.
"지금 당장 연락해서 모시고 와. 그동안 다들 눈 좀 붙이자."
고 반장님은 이렇게 말씀하시고는 1분도 주무시지 않으셨다. 반장님이 뜬 눈으로 계시니 모두가 뜬눈으로 목격자를 기다렸다. 한참을 지나 그 순경이 전화가 왔다. 기다리는 시간이 길어지자 모두 어느새 잠들어 있었다.
"얼른 안 오고 뭐해?"
잠도 못 자고 예민해져 있어 짜증 섞인 말투로 물었다.
"그게······ 겁이 난다고 자꾸 안 간다고 하십니다. 어떡하죠?"
옆에선 다른 순경들이 설득하는 목소리가 들리고 있었다.
"어쩔 수 없지, 우리가 갈게. 기다려."
멋있게 말했지만 사실 다 죽어가는 팀원들과 반장님을 데리고 가기가 너무 미안해서 혼자 갈 참이었다.
"혼자 가게? 조금 섭섭하려고 하네."
박 형사였다.
"안 주무시고 계셨네요. 주무시는 줄 알고······."
"같이 가. 둘이 가면 충분할 거야."
말은 안 했지만 박 형사님께 너무 고마웠다. 목격자가 있는 치킨집으로 갔다. 늘 보던 아저씨인데 이렇게 보니 참 어색했다.
"안녕하세요, 사장님. 좋지 않은 일로 뵙게 돼서 마음이 안 좋네요."
너무 긴장하신 사장님을 조금이나마 안정시켜드리기 위해 평소처럼 행동하려고 노력했다.

"나 이런 일에 말려들고 싶지 않아. 이 형사…… 무서워."

잔뜩 겁을 먹으신 듯했다.

"사장님, 말려드는 게 아니라 그냥 보신 그대로 이야기해 주시면 돼요. 저희 믿으세요."

아무래도 도난 사건도 아니고 살인사건이다 보니 무서울 수밖에 없는 일이다. 나라도 그랬을 거다.

"지금부터 몇 가지 질문을 할 테니 사실대로 대답만 해주시면 됩니다."

박 형사가 말했다.

사장님이 이렇게 겁먹으셨는데, 저리 냉정하다니. 항상 느끼지만 참 알다가도 모를 사람이다.

"그날 밤, 그 범인의 얼굴을 보셨나요?"

"모자 쓰고 마스크를 써 얼굴은 못 봤습니다."

"키나 체형이 어땠나요? 기억나는 대로 모두 이야기해 주세요."

"키는 180cm 정도 돼 보였고, 체형은 살이 없이 말랐던 것 같습니다. 더 이상은 말할 게 없어요. 너무 빨리 지나가 기억나는 건 이게 전부예요."

정말 간절히 말했다. 그만해 달라는 눈빛이었다.

"혹시 짐작 가는 사람 없나요?"

"정말 그럴 리는 없겠지만, 우리 가게에 얼마 전에 고용한 배달 아르바이트생이 있는데, 그 친구와 엄청 닮았어요."

엄청난 대답이었다. 아무 증거도 없는 상태였기 때문이다.

더 이상 들을 대답이 없을 것 같다는 박 형사의 말에 나도 그만 일어섰다. 바로 우리 팀에 연락하여 치킨집의 아르바이트생을 찾게 했고, 나와 박 형사는 키가 180cm 정도 되고 마른 체형의 우리 동네 사람을 찾으러 갔다. 동네를 몇 바퀴를 돌며 사람들에게 물어보고 하였지만 180cm 정도에 마른 사람이 한두 명이어야 말이지……. 하지만 물어본 사람들 모두가 말하는 두 명이 있었는데, 주변 태권도 관장님, 비나리 아파트 주인 아저씨였다. 지금 상황으로서는 더 이상의 피해자를 만들지 않기 위해 최선을 다해 빨리 찾아야 했다. 한시가 급한 상황이었기에 지금까지 나온 용의자 세 명을 조사하기로 했다.

가장 먼저 온 치킨집 아르바이트생부터 조사를 시작했다. 조사는 고 반장님께서 직접 하시기로 했다.
"이 동네 사시니 이 사건에 대해 굳이 설명하지 않아도 잘 아실 거라 생각하고 바로 질문하겠습니다. 솔직하게 답해주시는 게 서로에게 제일 편할 겁니다."
역시 반장님은 경력이 있으셔서인지 첫 질문 전부터 기선제압을 하신다.
"네."
세상 귀찮은 말투와 표정이었다.
"그날 밤 그 시간 무엇을 하고 계셨나요?"
"뭘 하긴요. 배달을 끝내고 집에서 쉬고 있었죠."
"그걸 증명할 방법이 있나요?"
"네, 그럼요, 그 시간 제가 배달했던 집에서 배달음식이 다 쏟아졌다며 저에게 전화가 왔고 그 전화만 40분 동안 했어요. 사건이 일어난 후까지도 전화 중이었어요."
"그 집에 저희 팀 형사 한 명을 보낼 테니 그분이 올 때까지 계시면 되겠습니다."
"저 배달해야 해서 바쁜데 지금 이게 뭐 하는 거냐고요!"
정말 머리가 터질 것만 같았다.
고 반장님께서 한숨을 내쉬며 말씀하셨다.
"다음 용의자는 언제 오나요?"
"왔습니다."
목소리에 힘은 없었지만 쳐지지 않기 위해 최선을 다하는 목소리로 나머지 용의자 두 명을 강 형사가 데려왔다. 그 순간 전화가 울렸다. 요즘은 우리 팀에 연락 올 것은 연쇄살인범 이야기뿐이다. 그렇기에 전화가 울릴 때마다 심장이 터질 것 같다.
"여보세요." "강력 3팀입니다. 유일한 목격자였던 치킨집 사장님께서 다섯 번째 피해자가 되셨습니다." 그 말을 듣는 순간 모든 게 내려앉는 기분이었다. 우리를 믿으라 했던 나의 말도 여기 있는 용의자 세 명도 모든 게 부질없어지는 순간이었기 때문이다.
"언제쯤 사건이 일어났나요?"
떨리는 목소리로 이야기했다.
"10분 되지 않았습니다. 멀리 못 갔을 겁니다. 순찰 총동원했으니 당장 현장으로 와주세요."
 다 포기하고 싶었다. 피해자가 생겨날 때마다 다 내 탓인 것 같았다.
"이 형사, 가자."
 고 반장님이 말씀하셨다.
"다른 사람들은요?"
 오 형사와 박 형사, 장 형사가 보이지 않았다.
"먼저 가 있을 거야. 오 형사였나, 박 형사였나 아무튼 아까 전에 용의자 증인이 되어줄 사람 찾으러 보냈었거든."
 현장에 도착하니 눈물이 왈칵 쏟아졌다. 오늘 아침에 나랑 이야기를 했고, 믿으라 했는데…….
"이 정도로 빠른 시간 내에 살인사건이 연달아 일어났다는 건 범인이 정말 가까이 있다는 말인 것 같은데……."
 윤 검사님은 언제 와 계셨는지…… 안색이 말이 아니다.
"이 형사는 서에 돌아가서 보고드리고 업무 봐."
 역시 내가 현장에 큰 도움이 되지 않아 다른 강력계 팀에서 사람을 보냈나 보다.

**

 서에 돌아와 보고를 드리고 앉아 멍하니 있었다. 내가 하는 일이 나한테 맞는 걸까, 이렇게 중요할 때 나는 무슨 도움이 되는가…….
"아이고, 왜 그리 울상이야, 이럴 때일수록 웃어야지."
 박 형사님이다.
"웃음이 나올 수가 있나요……."
"그렇게 멘탈이 약해서 어째. 차 한잔해."
"감사합니다."
 박 형사님 생각보다 따뜻하신 분이구나.
 그렇게 멍하니 시간이 지난 것 같다.

그림자

"이 형사 누가 찾는데?"

"누가요?"

이 시간에 날 찾아올 사람이 없는데.

**

기억이 나지 않는다. 분명 누군가 날 찾아왔다 했는데…… 그 후로 아무 기억도 나지 않는다,

"사망선고하겠습니다."

"뭐라고? 무슨 사망선고? 또 다른 피해자가 생긴 거야? 언제? 그럴 틈도 없었을 텐데?"

몸이 움직이지 않았다. 온 힘을 다해도 움직이지 않았다.

"11월 4일 오전 9시 23분. 이혜령 사망하였습니다."

"이게 무슨 소리야. 내가 죽다니 그리고 11월? 분명 10월 30일 7시였는데……." 온 가족의 울음소리와 우리 팀의 울음소리. 아직도 상황 파악이 되지 않는다.

"나…… 죽은 거야? 왜?" 정말 아무 기억도 나지 않았다. 그렇게 한동안 아무 소리도 들리지 않았다.

죽으면 어떻게 되나 궁금했는데 이렇게 되는 거였나 싶었다. 그 순간 눈이 떠졌다.

"뭐야…… 팔도 움직이고 다리도 움직이고 아프지도 않고……."

새로 태어난 것마냥 개운했다.

역시 꿈이었구나. 무슨 그런 악몽이 다 있대……그런데 여긴 왜 병원이지? 날짜가 또 3일은 지나 있었다.

"고 이혜령 화장 시작합니다."

분명 내 이름인데. 동명이인인가? 그런데 왜 우리 가족들의 울음소리가 들리는 거지? 소리가 들리는 곳으로 뛰어갔다.

"엄마……."

우리 엄마가 맞았다.
"누구세요?"
내 동생이 나를 보며 누구냐고 묻는다. 이게 무슨 상황일까. 너무 놀라고 당황스러워 아무 말도 하지 못하고 뛰쳐나와 화장실로 갔다.
"이게 누구야……"
거울 속의 나는 다른 사람이 되어 있었다. 아, 이거 드라마에서 본 적이 있다. 설마 이런 일이 실제로 일어나다니. 확실하지 않았지만, 새로운 모습으로 환생을 한 듯하였다.
강력계 형사라 그런가. 평범한 사람이었다면 이런 일에 놀라 자빠졌겠지만, 난 그전에 내가 왜 죽었는지 궁금해졌다. 지금 이 모습이라면 그 누구도 나를 취급해 주지 않을 것이다. 내 말을 믿어줄 사람도 없을 것이고, 말해 봐야 정신병자라고 오해받을 게 뻔하다. 생각을 해 보자. 내 말을 믿어줄 만한 사람…….
"그래, 박 형사님한테 가 보자."
서에 계시겠지.

**

박 형사님을 찾으러 가던 중 골목길에서 박 형사님을 만났다. 물론 내가 누군지 모르겠지만 말이다. 그런데 박 형사님이 담배를 피웠던가? 서로에게 큰 관심을 가지지 않으니 담배를 피우는지도 몰랐다. 일단 박 형사님께 지금 내 상황을 이해시켜 나를 도와줄 수 있게 해야 했다. 최대한 나답게…….
"내가 박 형사님께 평소에 어떻게 했더라?"
정말 정신없이 하루하루를 보내니 평소 내 모습을 기억도 못 한다.
"박 형사님."
일단 우리 둘만 있는 공간이 필요했다.
"네? 누구시죠? 무슨 일 있으신가요?"
역시 형사 아니랄까 봐…….

"이야기를 좀 하고 싶은데…… 비나리 아파트 앞 카페에 가서 해도 될까요?"
 박 형사님은 나를 처음 봤을 텐데 이러니 참 어이없을 것이다. 하지만 직업병을 이기지 못하고 내 말을 들어줄 것이다. 그래야만 한다.
 "제가 해야 할 일이 너무 많아서 죄송합니다. 여기서 해주세요."
 아뿔싸. 연쇄살인범 사건 진행 중이었지. 한참을 생각했다.
 "저…… 가보겠습니다."
 나를 완전 정신병자로 생각했을 게 틀림없다.
 "엘렐리 릴렐리!"
 정말 웃기지만 혹시나 위험한 상황이 생기면 이 소리로 알아듣기로 한 나와 박 형사님만의 신호였다. 왜 저런 걸로 정했나 나도 모르겠다.
 "아, 이 형사 지인분이신가요? 그걸 어떻게……."
 많이 당황한 듯했다.
 "10분만 시간을 내주세요. 부탁입니다."
 "왜 그래야 하는지 모르겠지만 궁금해졌군요. 알겠습니다."
 그 신호가 큰 역할을 한 듯하다.

**

 카페에 도착했다. 정말 어색한 시간이었다. 사실 이 몸이 아니라 이형사의 몸이었어도 그건 변함없었을 것 같다. 박 형사님과 나는 둘이 있어본 적이 많이 없기 때문이다.
 "자, 이제 이야기하시죠."
 얼굴이 많이 안 좋았다. 내가 살아있었어도 저 몰골이었을 것이다.
 어떻게 이야기를 꺼내야 할지 정말 많은 고민을 했지만, 그냥 말해버리는 게 가장 좋은 방법이라 생각했다.
 "저 이 형사에요. 박 형사님."
 내가 말했지만 참 안 믿기는 소리다.
 "장난치지 마시죠. 장난칠 것으로 장난쳐야지……."

화가 많이 난 듯했고 일어서려고 했다.
"무슨 이야기를 해야 믿을까요? 이 형사만 알 수 있는 모든 걸 물어보세요."
이게 무슨 말도 안 되는 상황인지 나를 정말 벌레 보듯 쳐다봤다.
"이 형사 물건들 아직 서에 남아 있죠? 보안이 걸려있는 모든 것들을 제가 풀 수 있어요. 그리고 비밀 사건들도 모두 알고 있죠."
약 40분 정도 나 혼자만 나에 대한 모든 걸 말했고, 박 형사님은 다 들어주었다. 우리끼리 한 번 이런 이야기를 한 적이 있다. 드라마에서 나온 적이 있다고 내가 말했을 것이다. 그 드라마 이야기를 하며 무슨 이런 이야기를 만들었냐, 유치하다며 환생하면 다 잊고 새로 시작해야지 뭣하러 저러냐 이러면서 말이다.
"일단 제가 서에 가서 증명할게요."
"이 형사의 물건에 손을 댈 수 있는 사람은 윤 검사님뿐입니다."
윤 검사님? 윤 검사님이 왜……
설마 내가 연쇄살인 사건의 6번째 피해자……? 믿고 싶지 않았다. 나는 정말 착하게 살아왔는데.
"제가 그 범인에게 죽었나요?"
"그 기억은 안 나나 봐. 그래 났으면 이러고 있을 이유도 없었겠지."
이젠 그냥 믿는 눈치였다. 박 형사님이 단순하신 게 이럴 때 도움이 되다니.
"맞아. 이 형사 6번째 피해자. 만약 당신이 정말 이 형사라면 그냥 멀리 떠나. 돌아오지 마."
진심 어린 말투였다.
"왜죠? 제가 연쇄살인범한테 죽었다니, 연쇄 살인범을 제 손으로 꼭 잡아야겠는걸요?"
"이 형사. 지금 이 형사 그 몸으로 할 수 있는 건 없어. 이 일이 안 맞기도 했었잖아. 새로운 삶을 살아. 진심으로 해주는 말이야."
"아무것도 할 수 없긴요. 박 형사님께서 도와주신다면 얼마든지 저는 포기할 생각이 없습니다."
"내가 어떻게 도와야 할지 모르겠지만 일단 이 형사인 게 확실히 믿기면 그때 생각해 보지."
당장 갈 곳도 없고 박 형사님을 완벽하게 믿게 할 방법이나 생각해야지.

그림자

"아…… 윤 검사님!"
나를 믿어줄 사람이 더 있었다. 당장 윤 검사님을 찾아갔다.
"혹시 윤 검사님 뵐 수 있을까요?"
"윤 검사님은 지금 뵐 수 없습니다. 따로 연락 후 와주세요."
역시 유명한 검사라 그런지 한번 만나기도 쉽지가 않았다.
"저는 왜요?"
뒤에서 윤 검사님의 목소리가 들렸다.
"윤 검사님!"
세상에, 너무 반가웠다. 내가 평소에도 존경하고 좋아했던 분이시기 때문이다.
"저를 아시나요?"
박 형사님과 같은 표정으로 날 바라보았다.
"10분만 내주실 수 있나요?"
윤 검사님 바쁘실 텐데 괜히 죄송해졌다. 하지만 내가 기억만 해낸다면 그 범인 잡는 일에 엄청난 도움이 될 것이다.
"네, 들어오세요."
생각보다 수월했다. 윤 검사님의 사무실엔 이 형사의 몸으로도 한 번도 가본 적이 없었는데 말이다. 역시 알아주는 검사의 사무실은 달랐다. 내 집의 몇 배는 되는 것 같네…….
"이야기하시죠."
윤 검사님 역시 며칠 밤을 뜬눈으로 보내신 듯했다.
"믿기지 않겠지만 저 이 형사입니다."
박 형사님 보다 나에게 더 도움이 될 분이셨기에 최선을 다해 나인 걸 증명해냈다.
"제가 뭘 어떻게 도와야 할까요…… 세상에."
많이 충격을 받으신 듯했지만, 지금 윤 검사님께도 내가 엄청 중요하다.
"제가 죽은 현장이 어디죠? 한번 가볼 수 있을까요?"
"그야 당연히 되지만, 괜찮으시겠어요?"
"네, 저는 괜찮습니다. 당장 가 봐요." 사실 너무 무서웠다.

**

"여기예요."
나는 순간 경악했다. 어딘가 많이 익숙한 그 장소는 우리 집 창고였다.
"여기 벽에 보이죠?"
핏자국으로 무언가 알아보지 못할 곰돌이 그림이 있었다.
"제가 남긴 걸까요?"
내가 죽기 전 범인의 무언가를 그림 그린 것 같은데, 역시 전혀 기억나지 않았다. 여기에 계속 있어선 알아낼 방법이 없다. 처음부터 천천히 기억해 내야 했다.
"일단 제가 기억나는 건 누군가 저를 불러서 나갔다는 거, 거기까지 기억이 나는데 제 자리에 가보면 기억이 날 수도 있지 않을까요? 제 물건은 윤 검사님만 다룰 수 있다고 들었는데 어떻게 안 될까요?"
"제가 시간을 끌어줄 수는 있지만, 만약 들킨다면 저도 어떻게 될지 모릅니다. 큰 사건인 거 이 형사도 알죠?"
지금 내 모습으로 내 자리에 있고 그걸 윤 검사가 도왔다고 한다면 그것도 큰일이 될 것이다. 하지만 시간을 더 끌 수가 없었고 할 수 있는 건 다 해봐야 했다.
"믿을게요. 제가 1시간 뒤에 서에 방문하기로 했으니 그때 시간을 벌어 볼게요." 그동안 나는 가서 어떻게 해야 할지 계획을 세웠다. 일단 내가 기억 못 하는 그때 뭘 하고 있었는지 기억해 내야겠다. 그다음 누가 나를 불렀는지 아니다, 그전에 누가 나에게 누군가 찾아왔다고 알려줬는지 알아내야겠다. 그 사람은 나를 불러낸 사람의 얼굴을 알 것이기 때문이다.
생각하는데 시간이 정말 빨리 지나갔나 보다.
"이 형사 아니, 뭐라고 불러야 할까요? 이 형사라고 하면 의심을 받을 게 뻔한데."
"그냥 혜령 씨라고 불러요. 제 본명을 아는 사람 몇 되지 않습니다."
"아, 이 형사 이름이 혜령이었군요. 혜령 씨 이제 갑시다."
항상 이 형사라고 불리다 이름을 불리니 기분이 참 이상했다.

**

서에 도착했다.
"제가 먼저 들어갈 테니 안쪽 상황 보고 들어와요."
"네."
긴장이 됐다. 나야 괜찮지만 윤 검사님께 피해가 가면 큰일이 나기 때문이다. 이 사건을 맡고 있는 검사님이 잘못되면 모든 게 틀어진다.
"이혜령, 할 수 있다······."
안쪽 상황을 대충 보니 윤 검사님께서 회의실로 모두 모을 예정인 거 같았다. 그때 들어가서 재빨리 끝내고 나와야지.
사람들이 모두 회의실로 들어갔다. 난 빨리 서 안으로 들어갔고 위치를 너무 잘 알고 있어 수월하게 내 자리까지 왔다. 자리에 앉아도 아무 생각이 나지 않았다. 그 순간 쓰레기통 종이컵이 눈에 들어왔다. 쓰레기봉투를 그날 오자마자 비웠는데 종이컵 하나가 있다는 건 내가 뭘 마셨었나? 종이컵을 꺼내 살펴보니 구석진 곳에 빨간 자국이 있었다.
"내 립스틱 자국인가······ 이걸 내가 언제 마셨지?"
"박 형사님이 치킨집 사장님이 피해자가 된 날 나에게 줬었지."
기억났지만 크게 도움이 되는 내용은 아니었다. 그 순간 사람들이 다 나왔다.
"망했다······."
들키면 끝장이었다. 내 자리엔 윤 검사님만 올 수 있다 했으니 긴장하지 않으려 노력했다.
"에이, 벌레가 왜 이렇게 많아!"
오 형사님이 잔뜩 예민해져 있었다.
"그러게요. 이 날씨에 벌레가 무슨······."
장 형사님 목소리도 오랜만에 듣는다.
"거슬리게 진짜······."
"방금 누가 말한 거지?"
거슬린다는 말. 순간 기억이 스쳐 지나갔다. 누군가 내 귀에 거슬린다고 했었다. 죽기 직전이었던 것 같다. 그런데 그 목소리가 왜 똑같이 느껴졌지? 순간 또 하나의 기억이 스쳤다. 치킨집 사장님이 돌아가신 날 나 빼고 모두가 그 현장에 있어야 했다. 그런데 왜 박 형사님은 서에 있었고 나에게 차를 건네줬을까.

**

모든 기억이 나기 시작했다.
"누가 불렀다는 거지? 장난치신 건가……."
그 후로 기억이 나지 않는다.
눈을 떴을 땐 온몸을 움직일 수 없었고 아무 소리도 들리지 않았다.
"살려주세요……."
속으로 수백 번, 수천 번 외쳤지만 변하는 건 없었다. 누군가 플래시를 켜 무언가를 찾는다. 곰돌이 모양 휴대폰 케이스였다.
잠시 플래시가 켜졌을 때 보인 얼굴을 믿고 싶지 않았다. 묶여있는 두 손에 손톱으로 뜯고 꼬집어 피를 내어 뒤에 있는 벽에 곰돌이 모양을 그렸다. 제대로 그려졌는지도 알 수 없었지만 내가 죽는다면 이게 조금이라도 도움이 되기를 바랐다.
"왜 자꾸 나를 동정해? 내가 불쌍해?"
얼굴은 보이지 않았지만 분명 내가 아는 목소리였다.
박 형사님이다. 그 허스키하고 낮은 목소리는 분명 박 형사님이었다. 이 말이 아예 이해가 안 되지는 않았다. 박 형사님은 아내와 이혼하고 하나 있는 자식을 홀로 키우시다 그 아이가 음주운전 차량에 치여 죽었다. 그 일이 있었던 이후 난 박 형사님을 볼 때마다 안쓰러운 마음을 가진 건 사실이다.
그 말을 하고 내 엄지손가락에 십자가를 칼로 그렸다. 아니길 빌었지만, 우리가 죽어라 찾던 십자가 연쇄 살인범이 박 형사님이었다. 생각해 보니 다 들어맞았다. 항상 사건이 일어나고 몇십 분 후에 나타나는 것도, 키가 180cm 정도에 마른 것도, 나에게 건네준 풍이컵에 핏자국이 있었던 것도, 그 누구도 박 형사님일 거라곤 의심도 하지 않았기에 못 찾았던 것이다. 이렇게 가까이 있었는데. 많은 생각들이 오갔다.

"나 이제 죽겠지." 생각하는 동시에
"거슬리지 말았어야지……." 말소리가 들렸다.

**

 모든 기억이 났고 이제 어떻게 해야 하나 막막했다. 충격이 너무 컸다. 박 형사님이…… 나를…….
 일단 가장 큰 문제는 내가 박 형사한테 내 존재를 알렸다는 것. 빨리 이곳을 빠져나가 윤 검사님께 알려야 했고, 다른 사람들을 따돌려야 하는데 방법이 떠오르질 않았다. 다리에 힘이 풀려 일어설 수도 없을 것 같았다. 다행히도 다들 밥을 먹으러 나가려는 것 같아 기다렸다.

**

 모두가 나가고 힘없는 몸을 억지로 일으켜 세워 나가려는 찰나에 내 눈앞에 박 형사가 있었다.
 순간 몸이 굳었고 아무 말도 할 수 없었다.
 "새로운 인생을 살라고 했잖아. 왜 일을 자꾸 더 크게 만들어? 이 잔인하고 답 없는 세상 사람들 다 죽여 버릴 거야. 네가 나한테 빨리 걸린 것뿐이야. 거슬리지 말았어야지. 그 사장도 범인이 나란 걸 알고 있었어. 그런데 왜 그때 모른다고 했을까. 내가 불쌍해 보였나?"
 눈에 초점이 없는 박 형사가 나의 쪽으로 계속 다가왔다.
 "두 번 죽는구나……."
 "역시 머리 쓰는 놈이라 증거가 없어서 골치 아팠는데 이렇게 직접 입으로 말해주니 너무 감사하네."
 "고 반장님……?"

상황 파악도 못하고 있는 사이에 박 형사는 잡혀갔다.

나중에 들은 이야기지만 내가 죽고 우리 팀 모두가 박 형사가 이상한 점이 너무 많아 의심 중이었는데, 아무 증거가 없어 계속 지켜보던 중이었다고 했다. 박 형사의 죄는 윤 검사가 맡아 최선을 다하는 중이고 박 형사는 자신의 아들이 음주운전 사고로 죽었음에도 그 사고자가 큰 벌을 받지 않고 잘 사는 모습에 분노했고, 이 사회에 분노하여 그렇게 변했다고 한다.

**

내가 죽었고, 죽는 과정을 다 알고도 다른 몸으로 살아있다는 게 아직 너무 힘들다. 내 정체를 나도 모르고 다른 사람도 모른다. 운명도, 앞으로 어떻게 될지도 모르지만 이 몸으로 최선을 다해 살아보려 한다.

십자가 연쇄살인사건은 내가 마지막 피해자로 끝을 봤다. 기억을 안 하려고, 잊으려고 노력하지만 쉽지가 않은 일이다. 내 가족들과 주위 사람들에게 천천히 다 알려야 해시 그 방법을 생각 중이고 우리 팀 동료들은 내가 힘들어할까 봐 최선을 다해 나를 챙겨준다. 물론 윤 검사님도 말이다. 그렇게 살고 있다. 살아있지도 죽은 것 같지도 않게 전생에 어떤 죄를 지었길래 이렇게 가혹한 벌을 내리셨는지 하루하루가 영화 같지만, 최선을 다해 긍정적으로 살고 있다. 죽었지만 다른 모습으로 새로운 기억을 남기고 있는 난 어쩌면 죽음보다 누군가에게 잊히는 게 더 무서웠던 건 아닐까.

* * *

나는 아직 학원 가는 중

이 마음

나는 아직 학원 가는 중 이 마음

오늘도 어제와 비슷한 하루였다. 평소처럼 아침 일찍 일어나 학교 갈 준비를 하고 학교에 도착해 항상 만나던 친구들과 수업을 듣고 맛없는 점심을 대신해 배를 채워주러 매점에도 갔다. 학교를 마치고 친구와 헤어져 버스를 타고 지하철역으로 가 지하철에 내 몸을 싣고 학원에 가는 길이었다. 귀에 이어폰을 꽂고 노래를 들으며 빈자리에 가서 앉았다. 역에 도착할 때까지 눈을 감았다.

누가 내 앞에 섰다. 눈을 뜨니 할머니께서 내 발 앞에 서 계셨다. 나는 자리에서 일어나 할머니께 여기에 앉으시라고 말씀드렸다. 그러자 할머니께서는 고맙다며 나의 손에 사탕을 올려주셨다. 나는 학원에서 먹으면 좋을 것 같아서 감사하다고 인사를 했다. 할머니께서는 나에게 인자한 미소를 지어 주셨다. 그 순간, 무언가에 부딪친 것 같은 퍽 소리, 그리고 끼익 하는 브레이크 잡는 소리와 함께 지하철이 멈추었다. 갑자기 멈춰서 그런지 중심을 못 잡고 넘어지는 사람도 있었다. 내 뒤에 있던 사람이 넘어져 내가 손을 내밀었다. 그 사람은 아무 말 없이 내 손을 잡고 일어났다. 천장에 달린 여러 개의 스피커에서 지지직거리면서 안내 방송이 나오기 시작했다.

'아, 아-. 승객 여러분께 잠시 안내 말씀드립니다. 본 지하철은 선로 앞에 막고 있는 장애물에 부딪혀 잠시 정차하게 되었습니다. 장애물을 치우고 다시 운행하도록 하겠습니다. 잠시만 기다려주시기를 바랍니다.'

라는 말과 함께 방송이 끊겼다. 그러나 지하철은 20분이 지나도 움직일 생각이 없는 듯 출발하지 않았다. 아직 학원 갈 시간이 남아 천천히 출발하기를 기다리고 있었는데 사람들은 점점 짜증을 내기 시작했다. 정장을 입은 어떤 사람은 지하철 안에 설치된 무전기를 들고 소리를 쳤다.

"도대체 언제 출발하는 거죠?"라고 화를 참는 듯 최대한 교양있는 목소리로 말했지만 아까 방송하던 사람의 목소리는 들을 수 없었다. 그 사람은 도저히 기다릴 수 없었는지 무전기에다가 내려서 걸어가겠다고 말하고는 문을 자동으로 열 수 있는 비상 장치 앞에 서서 이용 설명서를 읽었다. 설명서대로 비상 장치를 움직여 지하철의 문을 강제로 열었다. 한 사람이 고개를 내밀어 바깥의 바닥을 보자 놀란 표정으로 다시 고개를 지하철 안으로 돌렸다. 그리고 입을 열었다.

"바퀴 아래 밖에 사람이 쓰러져 있어요."라는 말을 듣고 이 안에 있는 사람들은 모두 웅성거리기 시작했다. 나는 호기심에 창밖으로 고개를 돌려 바닥을 보려 했다. 하지만 앞에 앉아 계시던 할머니께서 무서운 목소리로 그런 건 보는 거 아니라고 이야기하셨다. 또다시 안내 방송이 나왔다.

'아-. 안내 말씀드립니다. 불편하게 해 드려 죄송합니다. 곧 지하철이 다시 움직일 예정이오니 승객 여러분께서는 출발할 시에 넘어지지 않도록 손잡이를 꼭 잡으시거나 자리에 앉아주시기를 바랍니다.'

사람들은 안내 방송을 듣고 원래 자리에 찾아가 앉았다. 아까 강제로 열었던 문이 자동으로 닫혔다. 바퀴가 돌아가는 소리가 들리고 지하철이 움직이기 시작했다. 창문 넘어 어두컴컴한 배경에 비친 나를 보고 있었는데 바깥쪽에서 피가 묻은 사람의 두 손자국이 나타났다. 나는 무서워 아무 말도 하지 못한 상태로 몸이 굳어 가만히 있었고, 내 옆에 서 있던 사람은 소리를 질렀다. 소리 지른 쪽으로 모든 사람의 시선이 집중되자 그것을 본 사람들은 모두 경악했다. 사람들이 놀라든 말든 신경 안 쓴다는 듯 무시하고 손에 묻은 피로 글씨를 계속 써 내려가고 있었다.

몇몇 사람들은 그 자리를 피해 다른 자리로 옮기거나 아예 보이지 않는 다른 칸으로 이동했다. 나도 그 글씨를 다 보지도 않고 다른 칸으로 갔다. 연결된 공간을 지나가 다른 칸에 도착했다. 자리를 살펴보니 앉을 자리가 없어 문 근처의 손잡이를 잡고 서서 도착할 때까지 기다렸다. 세 개의 역을 지나고 내가 내리는 역에 다 와 갔다. 문이 열리고 내가 내리려고 발을 뻗는 순간 지하철을 기다리고 있던 사람들이 비명을 지르고 있었다. 나는 무엇 때문에 소리를 지르는지 보기 위해 큰 소리가 들리는 쪽으로 고개를 돌렸다. 아까 있던 지하철 칸의 창문에는 붉은색 피로 글씨가 쓰여 있었고, 글씨를 쓴 것으로 추정되어 보이는 피로 물든 왼쪽 팔이 역에 다치지 말라는 의미로 설치된 유리와 지하철 창문 사이에 껴있었다. 역무원들은 경찰과 함께 그 주변을 통제했고 나는 출구 쪽으로 고개를 돌려 지하철역을 빠져나왔다. 역 내부도 소란스러운데 지상에 가까워질수록 소란스러움은 시끄러움을 넘어 더 심해져 갔다.

계단을 걸어 올라왔다. 나는 마지막 계단 한 칸을 남겨둔 채 그 자리에서 걸음을 멈췄다. 내 눈에서 보이는 게 믿기지 않아 너무 혼란스러웠다. 바로 앞 도로에는 많은 차의 바퀴가 하늘로 솟아있었고 연기가 한두 줄씩 짝을 지어 피어오르고 있었다. 몇몇 차에는 이미 불이 나 있었고, 활활 타오르는 불 근처에 닿아 도로에 쓰러진 사람들이 불에 타고 있었다. 한참을 그 자리에 숨죽이고 서 있었는데 도로에서 불타고 있던 사람들이 한두 명씩 이상한 소리를 내며 일어나고 있었다. 사람들은 절뚝거리며 피를 흘린 채 걸어 다녔고, 그 모습은 마치 영화에서 보던 좀비와 흡사했다.

'아까 지하철 선로에서 있었다던 사람도 저기 있는 좀비 같은 거였을까?'

이런 생각을 하고 있을 때 저 건너편 인도에서 어떤 사람이 소리치며 도망가라고 이야기했다. 그러자 다리를 절뚝거리고 피를 철철 흘리는 사람, 불을 뒤집어쓰고 있는 사람들이 소리가 들리는 쪽으로 고개를 돌리고 몸을 틀더니 빠른 속도로 소리친 사람에게 달려갔다. 그 사람은 고함을 지르며 도망갔고 내가 있는 곳에서 소리가 점점 작아지고 내 시야에서 사라졌다. 나는 소리에 반응하는 것을 보고 발소리가 들리지 않게 최대한 조용히 뒤로 돌아 재빠르게 내려갔다. 역에는 아직 저 밖에 있는 사람들이 들어오지 못한 것 같았다. 하지만 언제 어디서 나타날지, 나는 어떻게 집에 가야 할지 몰라 혼란이 왔다.

바깥 상황을 알아버린 사람들은 구석이나 벽 근처에 서서 서로를 경계하고 있었다. 나는 아까 밖에서 보았던 것을 사람들에게 이야기했다. 하지만 사람들은 그게 무슨 말도 안 되는 소리냐며 소리치고는 나에게 조용히 하라며 눈치를 주었다. 그렇게 시간이 흐르고 사람들의 스마트폰에서 소리와 진동이 울리며 문자가 왔음을 알리고 있었다. 그 문자의 내용은 이러하였다.

'지금 사람이 사람을 물며 날뛰고 있습니다. 원인은 물론 백신도 아직 발견하지 못하여 그 사람들에게 물리면 치료할 방법이 없습니다. 마치 영화에 나오는 좀비와 유사하며 그들은 소리에 예민합니다. 그러니 최대한 숨을 죽이고 조용히 피해 다니시기를 바랍니다. 그럼 행운을 빕니다.' 라는 내용이었다. 사람들은 믿을 수 없다는 듯 스마트폰만 쳐다보고 있었다.

"뭐 이런 무책임한 게 다 있어."

"아휴…….."

이런 야유만 들려올 뿐 누구도 긍정적인 말을 하지 않았다. 그렇게 한숨만 쉬고 있었는데 저 멀리 밖과 통하는 길에서 누군가 소리를 질렀다. 소리를 지르는 쪽은 더욱더 시끄러워졌고 잇따라 사람들이 계속 소리를 질렀다. 그리고 괴상한 소리도 함께 나에게 가까워졌다. 저 끝에서 아까 밖에서 본 사람들이 입에 피를 가득 묻힌 채 달려오고 있었다. 내 주변에 있던 사람들은 모두 놀라 소리를 지르며 반대편으로 뛰어갔다. 소리에 반응한 좀비는 내가 있는 쪽으로 미친 속도를 자랑하며 뛰어오기 시작했다.

　나는 발걸음을 조용히 옮겨 바로 옆의 화장실에 들어가 칸 안으로 들어갔다. 문을 잠그면 소리가 나니까 자연스럽게 문을 열어두어 문 뒤로 숨었다. 밖은 볼 수는 없었지만 얼마나 심각한지 알 수 있었다. 주머니에서 스마트폰을 꺼내 뉴스와 기사를 찾아보았다. 기사는 거의 다 똑같은 내용이었다. 아직 백신은 없으며 좀비들에게서 살아남으려면 소리 내지 않고 최대한 숨죽이고 다니라는 내용 외에 얻을 수 있는 정보는 없었다. 내가 스마트폰을 보고 있는 동안 밖은 다시 잠잠해졌다. 그래서 발소리가 들리지 않게 까치발로 화장실을 벗어났다. 화장실을 벗어나니 좀비들이 어슬렁어슬렁 걸어 다니고 있었다.

　나는 집에 돌아가기 위해서는 지하철을 타고 가거나 역 밖으로 나와 30분 정도를 걸어가야 했다. 지하철을 타기엔 너무 위험할 것 같아 오래 걸리더라도 걸어가는 것이 더 나을 듯했다. 좀비들이 너무 많아 시선을 끌어야 할 때가 왔을 때 사용하기 위해 화장실에서 나오기 전 가방에 있는 물병에 물을 채웠다.

　밖에 나왔을 때 이미 좀비들은 많이 있었다. 그래서 피해 가기 어려워 물을 채운 물병을 내가 가려는 곳의 정반대로 던졌다. 그러자 소리가 들리는 곳으로 빠른 속도로 뛰어갔다. 나는 재빠르게 숨을 죽이고 밖으로 걸어갔다. 아까 나왔던 계단이 보였고 나는 두 칸씩 뛰어서 올라갔다. 밖의 상황도 아까랑 비슷했다. 불이 꺼지긴커녕 더 크게 번지고 있었고, 그 불이 좀비들에게 옮기고 그 좀비는 또 다른 곳으로 번져 주변은 불바다가 되어 검은 연기가 크게 하늘로 올라가고 있었다. 집으로 가는 방향으로 고개를 돌려 앞으로 나아갔다. 차가 폭발하면서 날아온 파편 중에 몽둥이처럼 생긴 철이 바닥에 떨어져 있었다. 나는 그것을 주워 좀비가 내 주변에 다가올 때마다 인도에 설치된 가로등의 기둥을 있는 힘껏 치고는 빨리 그 자리를 벗어났다.

　그렇게 얼마나 걸었을까 생각해 보니 시간은 30분 정도 지났다. 하지만 아직 반도 오지 못한 곳이었다. 가도 가도 좀비들은 계속 나타났고 도로와 인도 구분 없이 가만히 서 있거나 걸어 다녔다. 그 순간 내 스마트폰에서 전화가 왔다. 아까 무음을 해놓지 않아서 큰 소리로 노랫소리가 나오기 시작했다. 좀비들의 시선은 나에게 집중되었고 빠르게 나에게 달려왔다. 나는 얼른 소리를 끄긴 했지만 이미 소리를 듣고 뛰어오고 있어 도망갈 수밖에 없었다. 그렇게 좀비와 내 목숨이 달린 술래잡기를 하고 있는데 저 멀리 왼쪽에 있는 편의점의 문이 살짝 열리더니 여기로 오라고 소리쳤다. 나는 모든 힘을 다리에 주고 최대한 속도를 내어 그곳으로 뛰었다. 내가 들어오고 아르바이트생은 바로 문을 잠그고 유리창에 물을 뿌려 그 위에 신문지를 붙였다. 나는 바닥에 주저앉아 숨을 고르고 있었다. 나와 똑같은 교복을 입은 학생이 나에게 생수 한 병을 건넸다.
"한별이지? 이거 받아."
"응. 고마워."
 나는 물을 받았다. 편의점 안에는 아르바이트하는 대학생 오빠, 같은 학교 친구, 그리고 아까 지하철에서 본 할머니가 계셨다. 할머니께서 나에게 여기까지 오는데 고생 많았다며 의자를 꺼내 나를 앉혔다. 신문지 사이로 좀비들이 편의점 앞에서 흩어지는 것이 보였다.
"저기 밖에 있는 사람들은 문에 안 달려들어요?"
"네, 나라에서 온 문자 봤는지 안 보였는지는 잘 모르겠지만 소리에 반응해요. 그리고 여기서 계속 밖을 보고 있었는데 소리가 들리고 저들의 시야에 가려지면 달려들지 않더라고요. 그래서 신문지랑 잡지로 창문에 붙인 거예요. 그러니까 지금은 마음 놓고 있어도 돼요."
 나는 오빠의 말을 듣고 심호흡을 한 번 크게 쉬고 아까 소리가 울리던 스마트폰을 꺼내어 누군지 봤다. 부재중 전화 목록을 보니 엄마였다. 그래서 전화를 걸었다. 그러나 엄마는 받지 않았다. 괜히 불안해졌다. 그래서 손이 막 떨리는데 친구가 내 손을 잡더니 말했다.
"나도 지금 엄마랑 아빠가 전화를 안 받는데 아마 무음으로 해놔서 못 본 걸 거야. 그러니까 연락 올 때까지 조금만 기다려 보자."
 나는 그 말을 믿고 다시 한번 더 심호흡했다. 오빠가 나에게 뭐 좀 먹으라며 먹고 싶은 것을 고르라고 했다. 그래서 나는 자리에서 일어나 빵과 과자가 진열되어있는 코너로 갔다. 그래서 빵 하나와 뒤로 돌아 냉장고 안에 있는 우유를 하나 꺼내었다.
 친구와 같이 배를 채우고 잠시 밖을 보며 상황을 살피고 있었는데 할머니께서 다가오시더니 아까 가지고 있던 사탕 아직 있냐고 물으셨다. 그래서 나는 있다고 대답을 했고 할머니는 어서 그것을 먹으라고 했다. 그러자 그걸 꼭 먹어야 하냐고 여쭤보니 나중에 꼭 도움이 될 것이라고 말해 주실뿐 더 말해주지 않으셨다.

　시간은 저녁 8시에 이르렀고 편의점 안에 있는 사람들은 모두 지쳐가기 시작했다. 오빠가 먼저 말을 꺼냈다.
"학생들은 집이 여기서 많이 멀어?"
내가 먼저 대답했다.
"저는 아직 20분 정도는 더 가야지 집에 도착해요."
"저도 이 친구랑 같은 동네라 그쯤 걸려요."
"부모님한테는 문자 넣어봤어? 걱정하시지 않을까?"
"안 그래도 아까 같이 부모님께 문자했어요. 그런데 아직 답은 안 왔어요."
"그렇구나……."
또 잠시 정적이 흘렀다. 그러자 할머니께서 말씀하셨다.
"아가들아. 안 되겠다. 얼른 일어나서 먹을 거 최대한 많이 담아라. 집에 데려다줄게."라고 우리를 일으켜 세웠다. 할머니는 진열대에서 빵과 과자, 음료 등을 우리의 가방에 넣어 빵빵하게 채워주시고는 문 앞으로 가서 문을 열려고 하셨다. 오빠와 우리는 할머니를 말렸다.
"내가 저기 앞에 있는 차에 시동을 걸어 시간을 조금 벌어 볼 테니 어서 더 챙길 거 챙기거라."
　할머니는 우리가 말리는 것에도 불구하고 문을 열었고 조용하고 재빠르게 발을 움직여 편의점 앞에 주차된 누가 봐도 좋은 외제차의 시동을 거는 것이었다. 시동을 켜는 소리가 들려오자 주변의 좀비들은 할머니가 계신 차로 몰렸다. 할머니는 액셀을 세게 밟으며 핸들을 잡고 왼쪽으로 휙 돌렸다. 그러자 좀비들은 저 멀리 튕겨 나가져 우리 주변에 오는 좀비들은 없었다. 할머니가 외치셨다.
"얼른 타라!"
　편의점 안에 있던 우리 셋은 고개를 끄덕이며 빠르게 뛰어 차에 탔다. 그리고 빠른 속도로 그 자리를 벗어났다. 오빠는 조수석에 탔고 우리는 뒤에 앉아 안전띠를 맸다. 제일 먼저 할머니께서 얘기하셨다.
"나는 70살처럼 보이는 할머니가 아니라 25살 언니야."라는 말을 하며 얼굴에 붙인 가면과 흰머리 가발을 떼어냈다. 우리는 모두 경악하며 쳐다보고 있었다. 오빠가 물었다.
"그러면 거기서 왜 할머니 분장하고 계셨어요?"
"타이밍이 좋지 않았지. 그리고 딱히 밝히고 싶진 않았거든. 또 하나는 지금처럼 그런 눈빛으로 쳐다볼 것 같아서 말 안 했지."
 할머니 분장을 했던 언니가 숨을 고르고 말을 이어나갔다.
"난 과학자야. 내가 연구하던 약을 도둑맞아서 지금 우리가 보고 있는 이 상황이 일어난 거야."
"그러면 저 좀비들을 치료할 해독제는 없어요?"
"있어. 네가 가지고 있는 사탕이 그 해독제지."
 웃으면서 날 보았다. 친구도 날 보며 놀랐다.
"아 진짜? 너한테 그런 것도 있었어?"
"아니. 그냥 받은 거야."
"말도 안 돼. 그런 거 가지고 있었으면 진작에 나라에 넘겼어야지."
"그건 안 돼!"
 과학자 언니가 그건 안 된다며 소리쳤다. 소리쳐서 놀랐는지 재빠르게 사과하고 마음을 간추리려고 숨을 한번 들이마셨다. 그러고는 다시 말했다.
"해독제가 나라로 넘어가게 되면 그건 제때 활용할 수가 없어. 이 나라가 검증되지도 않은 해독제를 원래는 사람이었던 저 좀비들에게 그냥 투여할까? 해독제가 안전한지 다시 연구하고 안전하다고 하더라도 많이 만들어야 하는데 짧은 시간 동안 양은 많이, 효능은 떨어지지 않게 최대로 만드는 데 시간이 얼마나 걸릴까? 그리고 그것을 만드는 사람들이 지금 남아 있을까?"
 우리는 모두 침묵해졌다. 이번에도 침묵을 깬 것은 언니였다. 언니는 백미러를 힐끗 보더니 말했다.
"혹시 보온병 있는 사람 있어?"
"아니요. 아까 편의점까지 오는데 이미 던져버렸어요."
"저도 안 들고 다녀요."
"편의점 오빠는요?"
"내 가방 챙길 시간도 없었지."
"그렇군. 그러면 가방 안에 필통 있지?"
"네, 그건 있어요."

"그러면 필통 최대한 멀리 밖으로 던져줄래? 뒤에 너무 많이 몰려온다."
 내 필통을 친구에게 건네주었고, 친구는 창문 밖으로 멀리 있는 힘껏 던졌다. 뒤따라오던 많은 좀비의 시선을 조금이라도 분산시킬 수 있었다. 하지만 그 효과는 거리만 조금 멀어질 뿐 좀비의 수는 그대로였다. 과학자 언니는 얼굴을 찡그리며 액셀을 밟아 속도를 더 올렸다. 창밖을 내다보니 나와 친구가 살던 익숙한 아파트 단지가 보였다.
"저기 앞에 있는 아파트지?"
"네. 저기 바로 앞에 있는 103동이에요."
"저도 같은 동이에요."
"잘 도착하면 나한테 문자 남겨줘."
 친구와 내가 내리기 전, 오빠와 언니는 전화번호를 얘기해 줬다. 그래서 스마트폰에 저장해놓았다. 언니는 나에게 그 사탕을 먹으라고 했다. 하지만 먹기 무서웠다. 아까 언니가 한 말 때문이었다.
"그 사탕 정말 안전한 거 맞아. 나도 그 사탕 먹었어."
"그러면 저랑 편의점 오빠한테도 주세요."
 친구도 안전한 거면 달라며 보챘다. 그래서 언니는 하는 수없이 주머니에서 사탕을 꺼내어 한 개씩 나눠주었다. 받자마자 친구는 바로 사탕을 까서 먹었다. 나도 친구가 까서 먹길래 같이 따라서 먹었다. 사탕이 다 녹아 없어질 때쯤 우리는 집에 가 보겠다고 하고 차에서 내렸다. 우리는 손 인사를 하고 조용히 건물 안으로 들어갔다. 1층에는 많은 좀비는 없었다. 한두 명 정도 있었는데 우리는 주변에 소리 낼만한 물건을 찾았다. 그러다 저 구석에 경비아저씨가 쓸어놓은 많은 양의 나뭇가지가 모여 있었다. 나는 얼른 그곳에서 큰 나뭇가지를 집어 들고 우리가 충분히 지나갈 수 있을 정도의 공간을 생각하여 최대한 멀리 바깥쪽으로 던졌다. 던지자마자 좀비들은 소리를 듣고 던진 쪽으로 몰려들었다. 우리는 던지기 전에 아까 나뭇가지들이 쌓여있던 곳에 숨어 있었고, 좀비들이 바깥으로 나오자 바로 뛰어서 건물 안으로 들어갔다.
 내 집은 13층이고 친구 집은 9층이었다. 그래서 엘리베이터를 타면 편하게 가겠지만 엘리베이터 안에 좀비가 있을지 몰라 비상계단으로 왔다. 비상계단 1층에 섰고 천천히 조용히 한발 한발 올라가고 있었다. 아까 던진 나뭇가지 소리 때문에 4층 정도의 비상계단에 있던 좀비들도 다 바깥으로 내려간 것 같아 4층까지는 빠르게 올라갈 수 있었다. 하지만 5층과 6층 사이에 누군가 걸어 다니는 소리가 들렸다. 아마 좀비일 것이다. 그래서 우리는 어떻게 할지 스마트폰의 메모를 이용해 대화했다.

'우리 어떡하지?'

'올라가서 얼마나 많이 있는지 확인을 할까? 많이 없으면 소리 안 내고 조용히 지나가도 되잖아.'

'그거 괜찮다. 근데 누가 저기까지 올라가?'

'가위바위보, 콜?'

'좋아.'

우리는 하나둘 셋 하면 내고 싶은 것을 내기로 했다.

하나, 둘, 셋.

나는 보자기를 냈고 친구는 가위를 냈다. 그래서 내가 올라가서 좀비가 얼마나 있는지 확인하기로 했다. 한숨을 작게 쉬고는 용기 내어 한 칸 한 칸 올라갔다. 5층에 도착해 비상계단부터 복도까지 얼마나 많은 좀비가 있는지 확인했다. 복도에는 없고 5층 비상계단 위로 좀비가 된 3명이 보였다. 친구에게 손짓으로 복도로 올라오라고 하려는 그 순간 친구의 스마트폰에서 소리가 울렸다. 그 소리는 비상계단 전체에 울렸고 20층부터 있던 좀비들이 쿵쾅쿵쾅 구르며 친구에게 빠르게 달려갔다. 나는 아무도 없던 복도 구석에 숨었고 친구는 위에서부터 내려오는 좀비를 피해 밑으로 내려갔다. 친구에겐 미안하지만, 그 순간을 놓치지 않고 좀비들이 다 내려가자 빠른 속도로 13층까지 올라갔다. 13층의 복도를 봤는데 좀비는 없었다. 그래서 재빨리 내 집 앞에 서서 비밀번호를 눌렀다.

문을 열자 가족들이 날 반겨주었다. 내가 학원 지하철역에서부터 집에 올 때까지의 상황을 다 설명했다. 소파에 앉아 이야기했는데 갑자기 집에 잘 도착하면 연락 달라는 말이 기억나 잘 도착했다고 문자를 보냈다. 문자를 보내고 안심하고 편안하게 있었다. 하지만 그 편안함은 얼마 가지 못했다. 아까 계단에서 갈라진 친구의 행방은 어떻게 됐는지 알 수 없었기에 한편으로는 미안한 마음도 들었다. 엄마가 과일을 깎아서 내 앞에 두고 나에게 하는 말이 이상했다.

"별아. 너 학원은 안가?"

"밖에 상황이 안 좋은데 다시 밖에 나가라고?"
라고 말하는 순간 눈을 떴다. 아까 있던 지하철이었다. 지하철이 있는 위치를 보니 이제 내려야 하는 역이었다. 나는 일단 가방을 정리하고 자리에서 일어났다. 역에 내려서 지하철을 쳐다보니 붉은 피로 써진 글씨는 없었고 소리를 지르는 사람도 없었다. 평소처럼 바쁘게 사람들은 움직였고 나도 그중에 한 사람이 되어 늦지 않게 학원에 갔다. 역을 빠져나와 밖으로 나왔고 도로에는 뒤집힌 차들은커녕 바퀴가 도로에 붙어서 쌩쌩 달리고 있었다. 나는 안심하고 학원으로 갔다. 학원에 도착했고 평소처럼 수업을 들으며 공부했다. 학원을 마치고 집에 가는 길에 나는 꿈을 꾸긴 했어도 어제와 비슷한 하루였다고 느꼈다.

반복되는 꿈

홍효빈

반복되는 꿈

홍효빈

오늘도 어제와 비슷한 하루였다. 매번 같은 일상, 같은 시간에 매일 반복되는 일과. 그 반복되는 일과 중 한 가지 특이점을 뽑자면 자각몽, 즉 루시드 드림을 꾼다는 것이다. 언제부터인지는 자세히 모르겠지만, 어느샌가 나도 모르게 내가 꿈속에서 꿈을 꾸고 있다는 사실을 알아채고 내가 원하는 대로 할 수 있었다. 딱히 짐작 가는 이유는 없지만, 자각몽을 꾸기 시작했던 건 몇 주전이었다. 하지만 그것은 꿈이기는 하나 결코 사람이 버틸 수 있는 것이 아니었다.

"링링! 여기야 여기!"

"하민이⋯⋯? 여긴 웬일이야? 시간도 늦었는데."

"나 여기 근처로 학원 옮겼거든. 고등학생은 거의 단과로 하니까. 그래서 학원 마치고 오는 길이야. 너는 지금까지 집에 안 들어가고 뭐 하는 거야?"

"나 아까 엄마 심부름 받아서 하고 오는 길인데?"

"오, 평소 성질머리 어디 이사 감? 하하."

"⋯⋯."

"아무리 그래도 눈으로 욕하지는 마⋯⋯."

"⋯⋯ 뭐라는 거야? 할 말이 그렇게도 없냐?"

"아, 아니, 하여튼 간에 요즘 '그 사건' 조심하라고."

"뭔 사건인데?"

"그거 이 동네에서 꽤 유명한데? 어쨌든 밤에 잠들 때 꿈을 꾸는데 그쪽에서 다치면 현실에도 영향이 미치는 거 있잖아."

"헐? 나 그거 왜 이때까지 못 들었지?"

"그건 네가 문찐이라ㅅ⋯⋯ 아, 미안미안."

"그런데 그런 것도 미리 예방되려나?"

"글쎄⋯⋯ 아니면 드림캐처라도 하나 장만하는 게 어때?"

"그거 악몽 퇴치 맞지? 차라리 나도 하나 사볼까?"

이 녀석은 나와 어렸을 때부터 친구인 놈이다. 시간으로 따지면 소꿉친구 정도까지 갈지도 모르겠다.

"슬슬 시간도 늦었는데 어서 가보는 게 어때? 여기서는 집까지 꽤 거리가 있을 거 아니야."

"그러네. 그럼 나 먼저 가본다. 나중에 봐."

"오냐. 다음에 보자."
 심부름을 마치고 친구와 이야기를 하다 보니 벌써 10시가 넘어가기 직전이었다. 시간상으로 아직 잘 시간은 아니지만 피곤해서 금방 잠이 들었다.
"유독 오늘은 피곤하네…… 빨리 자야겠다."

**

"…… 으…… 여긴 어디야……?"
 정신을 차리고 눈을 떠 보니, 처음 보는 장소에 와 있었다.
"뭐야…… 폐가인가……?"
 처음에는 몽유병이라도 생겼나 싶어서 주변을 둘러보았다. 하지만 무언가가 이상했다. 전화를 걸 목적으로 휴대폰을 꺼내려 주머니를 뒤적거렸는데 손에 잡히는 것은 아무것도 없었다. 깜짝 놀라 다급하게 살펴보니 가지고 있는 건 없었다.
"뭐지……? 아, 혹시 이거 꿈인가……? 그게 아니고서야 이런 일이 일어날 리는 없을 텐데……?"
'진짜 그 말이 사실이었나? 그렇다면 나 이미 망한 것 같은데……?'
"일단은 주변을 좀 둘러봐야겠네. 언제 깰지도 모르고, 아직 그것이 나오지 않았으니까."
 솔직히 지금은 밤이라서 어둡고, 사람도 나 하나라 들어가기에는 조금 무서웠다. 차라리 휴대전화라도 있었으면 노래라도 들으면서 가볼 텐데. 그게 없으니까 하고 싶어도 하지 못하는 상황에 놓였다.
"지금까지는 별로 큰 수확은 없는 것 같은데…… 근데 왜 아까부터 어지럽지……?"
 아까부터 좀처럼 멈추지 않는 두통에 나는 머리를 붙잡았다. 아무래도 피곤한 상태에서 계속 움식여 몸에 무리가 간 것이 아닌가?라는 생각이 든 찰나에, 발을 삐끗해서 돌조각에 손바닥이 조금 베인 걸 본 순간 나는 꿈에서 깨어났다.

반복되는 꿈

"크크크⋯⋯ 나의 꿈에 온 걸 환영한다."

**

"아씨⋯⋯ 머리 아파⋯⋯ 지금이 몇 시야?"
시간을 보니 아직 새벽 4시 37분이었다. 내가 잠이 들기 전에 본 시간은 12시가 조금 안 된 시간이었다.
"5시간 정도 잔 건가⋯⋯? 꿈과 비교해 진짜 오래도 잤다."
'그럼 머리가 깨질 듯이 아팠던 건 그 꿈과 관련이 있었다는 건가?'
"아 따가워. 뭐야? 웬 손바닥에 상처가⋯⋯."
그것은 분명 꿈속에서 발을 삐끗했다가 돌조각에 베인 상처였다. 위치도, 상처 모양도 같았다. 순간 몸에 한기가 들었다.
'이거 설마⋯⋯ 진짜 아니겠지⋯⋯? 하민이한테 물어볼까? 지금 물어보기에는 시간이 이른 것 같으니까⋯⋯ 조금 이따가 전화해 봐야겠다.'
나는 그렇게 생각을 마무리하고는 씻고 상처를 치료한 다음에 남은 방학 숙제를 하기 시작했다. 방학한 지는 얼마 되지 않았기 때문에 약 한 달이라는 시간이 남아 있었다.
"그러니까⋯⋯ a에 2를 집어넣어서 두 개의 식을 연립하면 되는 건가? 아, 진짜 머리 터지겠네. 방학 숙제도 문제라면 문제인데 그걸 어떻게 하면 좋냐고⋯⋯ 인터넷 게시판에 물어볼까."
어디 나사 하나가 빠졌는지는 잘 모르겠지만 일단 나는 복잡한 머리를 식히고 침대에 누웠다.

**

'하민이는 지금 뭐 하고 있으려나. 설마 세계 괴담 같은 거 보고 있진 않겠지?'

"설마……. 혹시 모르니 전화라도 걸어볼까?"

나는 즉시 휴대전화 주소록에 들어가 전화를 걸었다. 연결음이 3번이 지나지 않아 전화를 받았고 나는 방금 생각한 것을 물었다.

"여보세요? 너 지금 뭐 해? 그것보다 방금 일어난 거 아니지? 너 원래 늦게 일어나잖아."

"나? 나야…… 괴담 찾고 있지. 생각보다 재미있는 게 많아서. 그리고 그렇게 늦게 일어나지는 않았거든?"

하민이는 내 말에 발끈하듯 마지막 문장에 힘을 주어 말했다. 내가 느끼기에도 막 일어난 목소리 같지는 않았다.

"그럴 줄 알았다……."

나는 흐음, 하고 한동안 할 말을 고르다가 입을 열었다.

"아, 내가 오늘 꾼 꿈이 있는데 한번 들어볼래?"

"무슨 꿈인데? 너 보통 꿈같은 거 잘 꾸지 않아?"

"그렇긴 그런데, 꿈 내용이 뭔가 이상해서…… 상담이라도 받으려고."

"꿈 내용이 어떻길래 나한테까지 상담하려고 해?"

"그게……."

나는 뜸을 들였다. 수화기 너머로 하민이가 답답해하는 게 느껴졌다.

"어제 너랑 헤어지고 나서 집으로 들어오고 거의 바로 잠들었었거든? 그런데…… 근데…… 다시 일어나 보니 완전 처음 보는 곳이었음."

"근데 그게 왜? 너 몽유병 있는 건 아니잖아."

"그러니까. 계속 들어봐. 나도 처음에는 몽유병이라도 생긴 줄 알고 볼 꼬집었지. 근데 아프지는 않다? 뭔가 이상해서 주위를 둘러보니까 내 앞에 있던 건물이 폐가였어. 너한테 전화 걸려고 휴대전화를 꺼내려고 하는데 그것도 없고, 나 원래 휴대전화나 다른 거 하나씩 주머니에 넣고 자잖아. 근데 없으니까 이상한 거야."

"그거…… 그냥 꿈 아니야?"

"아냐. 나도 처음엔 그렇게 생각했는데, 꿈에서 잠깐 어지러워서 넘어졌거든? 근데 넘어진 순간 잠에서 깼다? 어딘가에 따가워서 보니까 꿈에서 다친 데랑 현실에서 상처 생긴 데랑 위치가 똑같았어."

"설마 너…… 아니지……?"

반복되는 꿈   109

하민이는 내 얘기를 듣고는 약간 작아진 목소리로 물었다. 내가 하는 얘기를 믿고 싶지 않아 하는 것 같았다.
"나도 이게 꿈이었으면 좋겠다. 그래서 너한테 물어본 거잖아."
"와…… 그럼, 거기서 본 게 뭐가 있어? 언제 다시 이어서 꿀 지 잘 모르니까. 대처라도 생각해야 할 거 아니야."
"딱히 본 건 없는데, 거기가 폐가라고 했잖아. 그 주변을 계속 돌다가 약간 낙엽? 밟는 듯한 소리가 났었어."
"낙엽? 주변에 나무가 있었어?"
"있긴 있었어. 몇 그루 없었지만 그래도 그 주위에 낙엽 같은 건 거의 없었는데…… 바람 소리였나?"
"……바람 소리랑 낙엽 밟는 소리는 엄연히 달라……."
순간 하민이와 나 사이에 침묵이 감돌았다. 하민이가 조심스러운 말투로 물었다.
"거기서 진짜 아무것도 못 본 거 맞지……? 너 그거 아니면 진짜 큰일 난 거거든……?"
"왜? 그거 말고는 아무것도 못 봤어. 어떻게 해야 할지 감이 잡혀?"
"너 지금 당장 나와. 아니 넌 그냥 나갈 준비나 해. 내가 갈 테니까."
"어딜 가는데? 집 앞에 서 있으면 돼?
"어. 준비는 내가 알아서 할 테니까 너는 몸만 오면 돼."
"응. 금방 나간다. 너도 빨리 와."
나는 전화를 툭 끊었다. 옷을 겹쳐 입으면서 생각에 잠겼다.
'무슨 이유인지는 대강 잡히는데, 이걸 진짜 끝낼 방법이 있다고? 아직 큰 영향을 미치지 않아서 다행이지. 크게 다쳤으면 진짜 죽을 뻔했네…….'

**

나는 그 생각을 끝으로 대충 정리하고 집 밖으로 나갔다. 그러자 저 멀리서 보이는 한 그림자. 나는 그 그림자가 무엇인지 본능적으로 알았다.

"야! 이하민! 천천히 와!"
 이하민은 숨을 헐떡이며 내 앞에 섰다. 혹시 몰라서 가지고 온 물을 건네주며 나는 이렇게 말했다.
 "그러게 왜 그렇게 뛰어와. 자, 물이나 마셔."
 "하아, 하……."
 숨을 고르던 하민이는 곧장 물을 건네받았다. 물이 아주 꿀꺽꿀꺽 들어갔다. 하민이는 소매로 입가를 닦고, 있었던 물의 거의 절반이 사라져 버린 물통을 도로 내 손에다 쥐어주었다.
 "땡큐. 그것보다 너…… 지금 아무 이상 없어?"
 "이거 말고는 아무 문제 없어."
 나는 다친 손바닥을 보여주고는 괜찮다는 듯이 흔들었다. 그것도 크게 다친 게 아니라 얇게 베인 상태라서 이 정도면 며칠 정도면 금방 나을 상처라고 생각했다. 하지만 하민이는 심각해진 얼굴로 내 손을 바라보았다.
 "아니, 이게 어딜 봐서 괜찮다는 건데?"
 "그래도 크게 다치지는 않았으니까?"
 "하아…… 됐고, 그거 낙엽 밟는 소리 진짜 맞아? 잘못 들은 거, 진짜 아니고?"
 "글쎄다. 정확한 건 아닌데, 대충? 그렇게 들리던데."
 '얼굴색 왜 저래? 새하얗게 질려서는.'
 내가 봐도 얼굴색이 확 변한 하민이는 급하게 가방 안에서 무언가를 꺼내어 나에게 내밀었다.
 "이거 받아. 혹시 모르니까, 드림캐처 하나랑 녹슨 못 5개 정도……. 아, 받는 김에 이것도 가져가. 생각보다 효과는 좋은 부적이니까. 공격 몇 번 정도는 튕겨낼 수 있을 거야."
 '대체 뭘까……뭔가 가방에서 끊임없이 나와……? 뭘 저렇게 싸 들고 온 거야?'
 "진짜 혹시 몰라서 주는 건데, 이거. 잘 때 끼고 자."
 "뭐야, 이건? 약간 반지처럼 생겼는데? 이게 뭐길래 그래?"
 "대충 반지 형태처럼 생기긴 했는데 기능은 꽤 좋아. 이걸 받은 상대에게 무슨 일이 생기면 나한테도 신호가 와."
 고맙기는 하지만 나는 이런 걸로 뭘 하나 싶었다. 딱히 신호가 가도 이차피 꿈속에는 나 혼자일 테니까.

'그래도 반응 정도는 보여야겠지?'
"그렇게까지 날 위해서……!"
"뭐라는 거야……. 넌 지금 그런 말이 나와?"
하민이는 진심으로 정색하며 말했다. 뻘쭘해진 나는 어색하게 웃는 얼굴로 대답했다.
"아, 미안미안. 근데 녹슨 못은 왜 5개나 필요한 건데?"
"혹시 모를 상황을 대비해서 여분으로 준 건데? 그거 잘 때 주머니에 넣고 있으라고."
그때 휴대전화가 울리는 소리가 났다. 순간 내 휴대전화인 줄 알고 주머니에서 꺼내 들었지만 내 것이 아니라 하민이의 휴대전화에서 난 소리였다.
"왜? 무슨 일인데?"
"…… 엄마가 아침부터 어딜 싸돌아다니냐고 물어보는데…… 지금 당장 들어오란다."
"아…… 내일 잘 살아서 만나자……."
"그래야겠네…… 그럼 나 먼저 간다."
"응. 잘 가고…… 진짜 사지 멀쩡한 채로 만나자……."
그리고 하민이는 뒤로 돌아서 급하게 뛰어갔다. 나도 역시 뒤를 돌아 집으로 들어갔다.
"생각보다 시간이 조금 늦었는데? 그럼 잠깐 검색 좀 하고 끝내야겠네."
인터넷으로 간밤에 꿨던 그 꿈에 대해 대처 방법을 찾다가 눈이 뻑뻑해진 것을 느낀 나는 시계를 보았다가 깜짝 놀랐다. 그 사이에 4시간가량이 지나갔기 때문이었다.
"와…… 뭐야? 벌써 10시가 넘었어……? 슬슬 자야 할 것 같은데……."
'그렇다고 무턱대고 자기엔 조금 불안한데…… 미리 대비하고 자야겠다.'
"혹시 모르니까 전에 받은 부적도 가지고 있어야겠다."
나는 잠을 청하려고 침대에 누워 눈을 감았다. 물론 휴대전화와 도구들은 모두 챙긴 채 누워서 그런지 조금은 불안하기도 하지만 일단 없는 것보단 낫다고 생각했다.

※※

 깊은 잠에 빠지고 여느 때와 같이 눈을 떴다. 그러자 눈앞에 보이는 건 전에 보았던 폐가였다.
 "역시나 오늘도네…… 이번에는 뭘 해야 하지?"
 어제와 똑같은 풍경에 한숨을 쉬고는 앞으로 걸어가 폐가 안으로 들어갔다.
 "일단 들어가 볼까……?"
 끼이이이이익-
 "실례하겠습니다…… 아무도 안 계시는가요……?"
 "안녕. 우리 말하는 건 처음이지?"
 "……! 어디서 목소리가…….."
 "여기야, 여기. 손가락 쪽을 한번 봐봐."
 "손가락……? 혹시 반지에서?"
 난 고개를 숙여 내 손가락을 바라봤다.
 "맞아. 난 인간 세상 말로는 수호령이라고 하던데?"
 "수호령……? 그럼, 여기에 온 이유가 설마……."
 "눈치가 꽤 빠르네. 그렇지. 널 지키기 위해서 온 거야. 내가 할 일이 그거거든. 악몽을 꾸는 사람을 구제해 주는 것."
 처음엔 무슨 말도 안 되는 소리라고 생각했지만, 상황이 이러니까 결국 믿을 수밖에 없었다.
 "이제야 믿겠어? 일단 여기를 빠져나가야 할 거 아니야. 혹시 지금 뭐라도 가지고 있는 거 있어?"
 "잠깐만…… 일단 녹슨 못이랑 부적, 드림캐처 정도…… 손전등이랑 레이저……?"
 '내가 이걸 챙겼던가? 애초에 이걸 만진 기억은 없는데……?'
 "뭘 그렇게 많이 챙긴 거야? 신기하네. 보통은 무서워서 잘 자지도 못할 텐데?"
 "전부 친구가 준 거긴 하지만……."
 나는 그렇게 말하고는 생각했다.
 '휴대전화는 또 없네……. 전자파는 여기서 방해를 하는 존재라서 그런가……?'

반복되는 꿈

 대체 왜 그런지 생각하는데 갑자기 어디선가 목소리가 들려왔다. 그것도 한 군데에서가 아니라 사방에서.
 "크크크…… 오늘도 온 건가. 어리석은 인간들이."
 "누…… 누구야……! 설마 그때……?"
 "린, 침착해. 그럴수록 상황은 더 마이너스 될 거야."
 "당신, 어떻게 내 이름을……?"
 "지금 그게 중요한 건 아니잖아. 일단은 여기서 빠져나가거나 없애는 수밖에."
 "호오, 옆에 그건 위대하신 수호령이 아니신가. 참으로 오랜만에 보는군."
 그 말을 듣고 나는 둘을 번갈아 봤다.
 '원래 아는 사이였나? 일단 녹슨 못으로 시간을 벌어야 할 것 같은데. 타이밍이 언제지?'
 '린, 내가 하나둘 셋 하면 뒤를 돌아서 최대한 빨리 뛰어야 해.'
 '알았어. 그렇게.'
 "아까부터 왜 그렇게 말이 없지? 설마 겁이라도 먹은 건가……!"
 '하나, 둘, 셋……!'
 나는 신호에 맞추어 폐가 밖으로 나갔다. 그러자 뒤에서 누군가 소리 지르는 것이 느껴졌다.
 "이것들이! 감히 날 무시하는 것이냐!"
 나는 큰소리에 놀라 재빠르게 뛰며 수호령을 보고 소리쳤다.
 "큰일 난 거 아니야? 겁나 쫓아오는데!"
 "오른쪽으로 돌아서 계속 직진해! 그럼 적당히 큰 장소가 나올 거야."
 그 말대로 해보니 정말 큰 공터 같은 곳이 나왔다. 그리고 바로 뒤에서 뒤쫓아오는 소리. 몇 초 뒤에 검은색 무언가가 내 앞을 물들였다.
 "설마 이게 도망친 걸로 생각한 건 아니겠지……."
 "그럴 리가. 난 오늘 널 없애고 여길 나갈 거야."
 "하……! 배짱 한번 두둑하군. 어디 마음대로 해 보시지?"
 나는 주머니 속에 들어있던 드림캐처를 손에 쥐었다. 과연 이게 통할지는 잘 모르겠지만 어쨌든 무엇이라도 해 봐야 결과를 알 테니까.
"이거나 받아라!"
손에 쥐고 있던 드림캐처를 던졌지만 아무 일도 일어나지 않았다.
"이게 끝인가? 시시하군. 그럼 이제 내 차례······!"
"어라······? 저건 전에 받았던 부적이잖아······?"
"후우······ 힘을 끌어내느라 힘들었어······."
"내가······ 내가······ 이렇게 가다니······! 안 돼!"
드림캐처를 던지고 한 5초쯤 지났을까, 갑자기 주머니에서 하나의 부적이 튀어나와 드림캐처에 붙었다. 그리고 드림캐처는 그것을 끝으로 점점 불타서 재로 사라졌다.
"방금······ 대체 뭘 한 거야?"
"별로 한 건 없어. 난 단지 그 부적에 깃들어있던 힘을 끌어냈을 뿐이야."
"대체······ 일단 끝난 건 맞지? 다시 순환되고 그런 거 아니야?"
"아니, 그럴 리가 없어. 이제는."
그 말을 듣고 다리에 힘이 풀렸다. 긴장이 풀렸기 때문이었다.
"아마도 이제 곧 현실 세계로 돌아갈 거야."
"너는? 이제 그것도 사라졌으니 다른 데로 갈 거야?"
"글쎄······ 일단은 일만 마무리하고 생각할 것 같은데. 그것보다, 뭔가 어지럽다거나 그런 거 없어?"
"조금은 어지러운 것 같기도······? 아직은 괜찮은ㄷ······ 아······."
"곧 돌아가려는 모양이네. 아마 일어나면 이 일은 모두 잊어버리게 될 거야. 정말 수고했어. 나의 파트너님."
"방금······ 뭐라ㄱ······."
나는 말을 끝까지 듣지 못하고 쓰러졌다.

**

"아······ 머리 아파······ 내가 뭘 하고 있었더라······? 뭔가 긴 꿈을 꾼 것 같

앉는데…….″
 일단 그건 둘째치고 머리가 너무 아팠다. 뭔가 엄청난 지식을 받아들인 것처럼. 일어나려고 침대를 짚었더니 거기에는 색이 바래진 반지가 있었다.
 "내가 이런 걸 받았던가……? 아까부터 이상했던 건데, 대체 꿈속에서 무슨 일이 있었던 거지……?"
 뚜르르-
 '아…… 전화 왔다. 누구지?'
 "여보세요."
 "방금 일어남? 목소리 상태 왜 그래?"
 "몰라, 이거. 꿈을 꾼 것 같기도 한데 기억이 안 나."
 "그래? 너 혹시 내가 드림캐처 준 적이 있었나?"
 "없는데? 왜 없어졌어?"
 "어. 어디 갔는지 모르겠다."
 "혹시 말이야, 나한테 반지 같은 거 준 적 있어? 난 이거 사거나 받은 적이 없어서."
 "나도 없는데? 그냥 옛날 거 아니야?"
 "그런가……? 딱히 상관은 없는데, 왠지 버리면 안 될 것 같아서."
 이런저런 이야기를 나누다가 통화를 마무리하는데 문득 든 생각이 있었다.
 '꿈은 가끔 기억나지 않을 때가 있으니까 그럴 수 있다고 쳐도, 반지는 뭘까……?'
 "모르겠다……! 언젠가는 기억나겠지. 일단은 피곤하니까 조금 더 자야겠다."

| 번외

"언제나 한결같구나…… 뭐 그게 장점이지만. 일단 수호령으로 속이기는 했지만 100% 거짓은 아니니까. 다시 만날 때는 현실에서 만났으면 좋겠네. 지금은 단지 유희를 나온 것뿐이라 어차피 만날 일은 없을 테니까. 하지만 과거에도, 현재에도 미래에도 난 너의 파트너일 거야."

| 전지적 작가 시점

자각몽을 꾸는 건 멈추지 않았지만, 다시는 그런 꿈은 꾸지 않게 되었다. 하민이도 린도 아무도 기억하지 못하는 그 사건, 과연 그건 무엇이었을까?

내
일
의
 여
 행

정
지
원

내일의 여행

정지원

오늘도 어제와 비슷한 하루였다. 도시 속 햇살 눈부신 아침 하늘을 바라보며 일어나 별빛 반짝이는 밤하늘과 함께 잠이 드는, 다시는 내릴 수 없는 롤러코스터 속에 살고 있다. 그래서 나는 하늘의 허락을 받고 잠시 기차여행을 하기로 했다. 오늘과 다른 내일이 기대되는 삶을 살기 위해 나는 여행을 떠났다. 마침 저번에 마련해 둔 빨간 기차가 있었다. 여행하는 동안 먹을 간단한 음식과 물건들만 챙기고 내가 직접 빨간 기차를 운전해서 여행을 떠났다. 매일 보는 하늘 아래에서 꼬물꼬물 움직였다. 그리고 자주 가는 햄버거 가게에 들렀다.

"불고기버거 주세요."
"네, 불고기버거 한 개 주문하셨습니다."
아르바이트생이 말했다.
"아! 불고기버거 세트요 세트!"

정신이 없던 탓인지, 너무 기대해서 그런지 머릿속은 복잡했다. 88번이 새겨진 영수증을 받았다. 빈자리에 앉아 기다리는 중 한 사람이 콜라를 버리다가 얼음과 콜라를 바닥에 쏟았다. 그때 한 7살 정도 되어 보이는 꼬마가 반대편에서 뛰어오고 있었다. 그대로 두면 바닥에 있던 얼음을 밟고 넘어질 것 같아 나는 순간적으로 아이에게 달려갔다. 나는 아이가 뛰어오는 곳을 막았다. 최대한 빨리 뛰어갔지만, 아이가 넘어지는 걸 완전히 막을 수는 없었다. 나는 아이와 함께 넘어졌다. 다행히 아이는 크게 넘어지지 않았다. 그래도 쿵 소리가 울렸다.

"꼬마야, 괜찮아?"

그리고 옆에 놓여 있던 냅킨으로 콜라로 젖은 아이의 손을 급한 대로 닦아주었다. 울 법도 한데 아이는 울지 않고 툭툭 털며 일어나려고 했다.

"네, 괜찮아요."

씩씩한 아이였다. 무릎에 살짝 상처가 난 것 같았다. 다행히 머리를 박은 건 아니어서 다행인 것 같았다. 그때 아이의 엄마가 달려왔다. 내가 아이와 함께 넘어져 있는 모습을 봤다.

"괜찮아?"
아이에게 말했다.
"응"

아이가 말했다.
"아이가 너무 뛰어와서 넘어질 것 같아서……. 여기 얼음도 있어서…….”
나는 아이의 엄마에게 말했다.
"아이고 감사합니다, 전 아까 애가 뛰어오는 것만 보고 바닥에 얼음이 있는지 몰랐네요. 큰일 날 뻔했는데……. 정말 감사합니다.”
아이의 엄마는 날 보고 감사하다고 했다.
"머리를 박은 건 아니어서 정말 다행이에요.”
나는 옆에 있던 새 냅킨을 아이의 엄마한테 주며 말했다.
"아 다행이네요, 다 그쪽이 막아줘서 그런 거죠. 감사합니다.”
뭐가 자꾸 감사한지 계속 고맙다고 했다. 내가 한 것이라고는 아이가 위험해 보여 뛰어가 아이를 받아준 것과 아이의 손을 닦아 준 것뿐이었는데 말이다. 아이의 엄마는 콜라로 범벅된 옷을 아이의 옷을 닦으며 정신이 없어 보였다.
"86번 고객님 주문하신 버거 나왔습니다.”
그때 86번의 번호가 불렸다. 아이의 엄마는 바닥을 닦으며 아이에게 햄버거를 받아오라고 했다.
"아 제가 받아오겠습니다.”
나는 말했다. 햄버거가 담긴 쟁반을 옆 테이블에 놓았다. 아이의 엄마는 또 감사하다고 했다.
"아휴 감사합니다.”
아이의 엄마가 바닥을 다 닦고 일어나 나에게 말했다.
"아 너무 감사해서 그런데 혹시 햄버거 하나 사드릴까요?”
말이 끝남과 동시에 나는
"아 괜찮습니다, 괜찮습니다, 이미 주문했어요.”
라고 웃으며 말했다. 그때 88번이 불렸다.
"88번 고객님, 주문하신 버거 나왔습니다.”
나는 포장한 버거를 들고 아이와 아이 엄마에게 가서 인사를 했다.
"아 전 가볼게요, 꼬마야 이제 다치지 마.”
"아 안녕히 가세요, 정말 감사했어요.”
아이의 엄마가 말했다.

"안녕히 가세요~."

아이도 걸어가는 나를 보고 말했다. 그래서 나는 손을 흔들어 주었다. 기차로 오는 길에 나는 따뜻한 감사의 마음을 느꼈다. 기차를 멈춰 놓고 기차 안에서 햄버거를 먹었다. 콜라도 먹었다. 감자튀김도 먹었다. 아이는 잘 먹고 있는지 궁금했다. 어쨌든 이제 배가 든든했다. 세상 어디라도 갈 수 있을 것만 같았다. 반이나 남은 콜라를 옆에 두고 달렸다. 한참을 달려, 먹은 것들이 소화될 때쯤 적막한 도시가 나왔다. 조용한 도시를 나는 빨간 기차를 타고 지났다. 바퀴 소리가 이 도시의 소리 전부였다. 마치 내가 이 도시를 오염시키고 있는 것 같았다. 그때 지나가던 여자 두 명이 말했다.

"우와, 저 기차 좀 봐."

한 여자가 말했다.

"와, 신기하다."

또 다른 여자가 말했다. 내 빨간 기차가 신기했나 보다.

"이 기차를 직접 운전하시는 거예요?"

여자가 궁금해 하며 물었다.

"네, 신기하죠?"

나는 웃으며 말했다.

"저희 저기까지만 태워 줄 수 있을까요?"

한 여자는 멀리 손을 가리키며 말했다. 나는 흔쾌히 허락했다. 내 빨간 기차는 5칸으로 되어 있다. 여자 두 명은 두 번째 칸에 탔다.

"우와, 정말 신기해요."

한 여자가 말했다.

"너무 예쁘다!"

모두 감탄 중이었다.

"그럼 이 기차는 직접 만드신 거예요?"

궁금한 것이 많아 보였다.

"네, 제가 직접 다 만들었어요."

"와, 진짜 대단하시다."

"두 분은 어디 가시는 길이에요?"

"아, 우리 집에 가는 중이에요"

웃으며 말했다.
"두 분은 내일이 기대되는 삶을 살고 있나요?"
나는 두 여자에게 물었다.
"네?"
두 여자가 동시에 말했다.
"아 초면에 이런 말 드리기 좀 그런데 제가 지금 내일이 기대되는 삶을 사는 분을 만나서 그분께 좀 배워 보려고 하거든요. 그래서 그런 사람을 찾고 있어요."
나는 웃으며 말했다.
"아하 그러시구나."
한 여자가 고개를 끄덕이며 말했다.
"아 그렇구나, 언제부터 찾기 시작했어요?"
다른 여자가 물었다.
"아 오늘부터요. 두 분이 제 여행 중 만난 두 번째 손님이에요."
나는 웃으며 말했다.
"저희가 두 번째라서 정말 영광이네요."
한 여자가 말했다.
"그래서 두 분은 내일이 기대되는 삶을 살고 있나요?"
나는 진지하게 물었다.
"음…… 저는 별로 그렇게 기대가 되진 않아요."
한 여자가 말했다.
"저도요."
다른 여자가 말했다.
"그렇죠? 왜 그럴까요?"
내가 물었지만 답은 못 할 그런 질문이었다.
"그러게요……."
한 여자가 말했다. 기차 안의 공기는 축 처져 가고 있었다.
"도넛 드실래요?"
우울한 분위기를 깨기 위해 나는 도넛 바구니를 뒤 칸으로 넘기며 밀었다. 아까 집에서 나올 때 챙긴 것이다.

"아휴 안 주셔도 되는데. 감사합니다."
 여자가 말했다.
 "우와, 도넛이다. 여긴 참 신기하고 좋은 것들이 많네요."
 옆에 있던 여자가 말했다. 나도 도넛을 두 입 베어 물었다. 그리고 간식 주머니에서 오렌지 주스를 꺼내 마셨다. 퍽퍽한 도넛을 씻어 내렸다. 마치 계곡이 목에 흐르는 것 같았다. 속이 뻥 뚫렸다. 우리는 동화 속을 꼬물꼬물 달리고 있었다.
 "어! 주스를 안 드렸네요."
 나는 간식 주머니에서 오렌지 주스 두 개를 꺼내 뒤 칸으로 넘겼다.
 "아, 진짜 안 주셔도 되는데……."
 한 여자가 말했다.
 "아 괜찮아요, 괜찮아요."
 또 다른 여자가 손사래를 치며 말했다.
 "도넛 먹는데 당연히 주스가 있어야지요."
 나는 밀려오는 주스를 더 세게 넘겼다. 여자들은 그제야 못 이긴 척 주스를 받아들었다.
 "진짜, 진짜 감사드려요."
 여자는 말했다. 그때 빨간 기차는 골목길을 지나고 있었다. 두 여자는 도넛과 오렌지 주스를 먹으며 서로 얘기하기에 바빴다. 골목길의 코너를 돌 때 '끄으으윽' 소리가 들렸다. 내 기차의 네 번째 칸과 다섯 번째 칸이 코너를 돌다가 긁혀버렸다. 그제야 두 여자는 깜짝 놀랐다.
 "헉, 어떡해!"
 "헐……."
 순간 아무 소리도 들리지 않았다. 나는 앞으로 갈 수도 없고 뒤로 갈 수도 없었다.
 "아…… 골목까지 안 들어가셔도 되는데."
 "여기 앞에 세워 주시면 되는데."
 두 여자는 골목 앞을 가리키며 말했다. 나는 괜찮지 않았지만 애써 괜찮은 척했다.
 "괜찮아요."

그리고 나는 기차 문의 반대쪽 문으로 내렸다. 내가 내리자 두 여자도 내렸다.
"죄송해요, 저희 때문에."
한 여자가 말했다.
"골목까지 안 들어가셔도 됐었는데. 저희가 밖을 안 보고 있어서. 길을 알려드렸어야 했는데. 정말 죄송합니다."
다른 한 여자가 말했다. 두 여자분이 되게 많이 미안해했다.
"아, 정말 괜찮아요."
나는 기차가 긁힌 곳을 확인했다. 생각보다 많이 긁히지 않았고, 또 긁힌 모양이 구름 모양이었다. 그래서 너무 신기하고 오히려 더 잘 됐다고 생각했다.
"저희가 다 보상해 드릴게요. 죄송합니다."
한 여자분이 말했다.
"아니에요, 아니에요. 괜찮아요."
나는 웃으며 말했다.
"그래도 저희 때문에 이렇게 됐는데 당연히! 보상해 드려야죠."
또 다른 여자분이 말했다.
"정말 괜찮아요, 마침 긁힌 자국도 구름 모양이라 전 좋아요."
나는 하하하 웃으며 말했다. 두 여자는 기차로 다가가 구름 모양으로 긁힌 곳을 보았다.
"아무리 구름 모양이라도 죄송해서 어쩌죠?"
"정말 괜찮습니다. 오히려 구름을 하나 얻어서 더 좋네요."
"아, 그럼 집에서 먹을 거라도 챙겨드릴게요. 잠시만 기다리세요."
두 여자는 각자의 집으로 달려갔다. 나는 손으로 기차를 끌어 골목길 밖으로 빼냈다. 저 멀리에서 한 여자가 양손 가득히 뭔가를 들고 뛰어왔다. 오다가 뭔가를 바닥에 흘렸다. 알고 보니 생수통이 데구르르 굴러떨어진 것이었다. 데구르르 굴러 내 앞에 도착했다. 그리고 기차의 두 번째 칸에 실었다.
"헉! 이게 다 뭐예요?"
나는 놀라 물있다.
"먹을 거랑 이것저것 챙겼어요."
그 여자는 밥, 과자, 음료수, 물, 담요를 가져왔다.

"여행이 되게 오래 걸리실 것 같은데 추우실 때 덮으세요."
여자는 담요를 가리키며 말했다.
"아 감사합니다. 이렇게까지 안 도와주셔도 되는데……."
그때 또 저 멀리서 한 여자가 걸어왔다. 자세히 보니 수레를 끌고 오셨다. 수레에 온갖 물건을 다 담아 오셨다.
"왜 이렇게 많아요? 누가 보면 이사 가는 줄 알겠어요."
나는 놀라며 말했다.
"에이, 이거 얼마 안 돼요, 부피가 커서 그래요, 그리고 기차 긁힌 거에 비하면 이건 아무것도 아니죠."
여자가 다급한 목소리로 말했다. 그 여자가 가져온 것은 작은 의자와 종이, 펜, 그리고 상자 안에 먹을 것을 담아 오셨다. 그 상자 안에는 김치, 카레, 라면, 젤리, 물 등 다양했다. 그리고 전기 주전자도 있었다.
"간단히 먹을 수 있는 걸로 준비했어요. 물을 데우려면 전기 주전자도 필요해서"
"아휴 감사합니다. 근데 저걸 다 실어 갈 수 있을까요?"
"물론이죠."
여자는 세 번째 칸에 물건을 넣었다.
"이제 기차가 꽉 찼네요."
여자가 웃으며 말했다. 나도 어색하게 웃으며 기차에 탔다.
"전 이만 가볼게요, 안녕히 계세요."
나는 빨간 기차 속에서 손을 흔들며 말했다.
"꼭 찾고 있는 사람 찾으세요!"
한 여자가 말했다.
"태워주셔서 감사했어요!"
다른 여자가 말했다.
"네, 감사합니다!"
그렇게 나는 조용한 도시가 아닌 야단법석의 도시에서 벗어났다. 또 계속 가다 보니 사람 흔적 거의 없는 시골이 보였다. 시골이라 벌써 어둑어둑 저녁이 되고 있었다. 그래서 나는 조용한데 기차를 세우고 잠시 휴식했다. 기차의 창문을 열고 시골의 바람을 느꼈다. 그리고 나는 기차에서 내려 두 번째 칸으로 가서 여자가 준 밥과 물을 꺼내고 세 번째 칸으로 가서 김치를 꺼냈다. 그러고는 마지막 칸으로 갔다. 마지막 칸은 테이블도 있고, 누울 수도 있을 만큼 크고 따뜻했기 때문이다. 테이블에 앉아서 집에서 가져온 숟가락과 젓가락을 꺼내 밥이랑 김치를 먹었다. 물도 먹었다. 초라하지만 꽤 맛있는 저녁이었다. 배가 고파서 더 맛있었다. 밥을 다 먹고 간식을 찾으러 갔다. 두 번째 칸에서 과자를 꺼냈다. 내가 좋아하는 과자였다. 다시 마지막 칸으로 가서 가져온 이불을 덮고 과자를 먹었다. 어느덧 초승달이 떠 있었다. 나는 초승달에게 말했다.

"너도 먹을래?"

과자를 집어 초승달에게로 쭉 뻗었다. 그러고는 다시 내 입으로 가져와 내가 먹었다. 캄캄한 밤이 되었다. 아무것도 보이지 않았다. 그래서 나는 램프를 켰다. 작지만 빛나는 램프였다. 나를 무섭지 않게 해 주었다. 그리고 나는 잠들었다. 너무 포근했다. 그렇게 따뜻함 밤을 지났다. 다음 날 저절로 눈이 떠졌다. 닭이 "꼬끼오" 울었다. 햇빛 쨍쨍한 아침이었다. 그때가 아침 6시였다. 너무 빨리 일어났다. 다시 자려고 했지만 아무리 누워 있어도 잠이 오지 않았다. 그래서 먹을 걸 찾으러 갔다. 어제 먹고 조금 남은 밥이랑 김치를 꺼내서 먹었다. 그리고 물을 끓일 데가 없어서 생라면을 부숴 먹었다. 맛있었다. 그리고 다시 그 사람을 찾으러 출발했다. 좀 가다 보니 작은 계곡을 발견했다. 잠시 놀다 가야겠다고 생각했다. 그래서 기차를 세우고 계곡으로 내려갔다. 한 할아버지가 계곡에서 쉬고 계셨다. 그래서 나는 멀리서

"할아버지, 안녕하세요!"

라고 소리쳤다. 그랬더니 할아버지도

"아이고, 젊은 사람이 이 시골에는 웬일인가?"

라고 말했다.

"여행하는 중이에요!"

나는 웃으며 말했다.

"이리 와."

할아버지가 가까이 오라며 손짓했다. 그래서 나는 돌들을 피해 할아버지에게 걸어갔다.

"여기 물 시원하고 좋다!"

할아버지가 말씀하셨다.
"정말요?"
나는 양말을 벗으면서 말했다. 그리고 계곡으로 한 걸음 한 걸음 걸어갔다. 발가락 사이로 물이 차올랐다. 온몸이 짜릿했다.
"와! 정말 시원하네요."
나는 발을 담그며 말했다. 그때 할아버지도 바지를 걷어 올리시고는 발을 물에 담그셨다.
"아이고 시원하다!"
할아버지는 무릎 위까지 물이 차오르는 살짝 더 깊은 곳으로 들어가셨다.
"할아버지 안 위험하세요?"
나는 걱정스럽게 말했다.
"에이, 이게 위험하긴."
할아버지가 말씀하셨다. 할아버지가 물에서 걸어 나오셨다. 할아버지는 돗자리를 펴놓으신 곳으로 걸어가셨다. 그러고는 가방에서 수박을 꺼내며 말했다.
"이리 와요, 같이 먹어요!"
그래서 나는 할아버지한테로 걸어갔다.
"이 수박 좀 깰 수 있겠나?"
할아버지가 수박을 건네며 말씀하셨다.
"오, 감사합니다. 제가 깨볼게요."
나는 물에서 나오면서 말했다. 그리고 할아버지께서 건네는 수박을 받아 계곡 옆 커다란 돌멩이로 향했다. 그리고 수박을 돌멩이로 세게 내리쳤다. 그러자 두 동강 난 새빨간 속살이 나를 반겼다.
"우와, 수박이 정말 빨개요. 씨도 많이 없는 것 같아요."
나는 놀라며 말했다. 그리고 할아버지께 두 동강 난 수박을 양손으로 들고 걸어갔다.
"할아버지 이것 좀 보세요. 진짜 빨개요"
나는 할아버지께 두 동강 난 수박을 보여드리며 말했다.
"아이코야, 뻘겋네."
할아버지는 하하하 웃으며 말씀하셨다.
"여기 앉아요. 이 수박은 한입에 먹어줘야 제맛이라니까!"

할아버지는 한입에 먹는 시늉을 하며 말씀하셨다.
"네, 감사합니다! 하하하 그걸 어떻게 한입에 먹어요."
나는 웃으며 말했다. 그러자 할아버지는 수박을 한 번 더 쪼개서 한입에 드시려고 했다.
"이거 봐요, 내가 한입에 먹어볼게요."
할아버지는 입을 최대한 크게 벌리셨다.
"아아아" 할아버지는 살짝 흘리시고 한입에 드셨다.
"어때? 이런 건 한입에 먹어 줘야 되는 거야."
할아버지는 수박을 우걱우걱 씹으며 말씀하셨다. 그리고 다른 수박 한 조각을 나한테 주시며 말씀하셨다.
"한번 해봐요!"
나는 수박을 받아들고 입을 크게 아아아 벌렸다. 그리고 수박을 먹었다. 너무 커서 수박 국물이 줄줄 흘렀다. 할아버지가 쳐다보고 계셨다. 어쨌든 결국 먹긴 먹었다.
"휴, 할아버지 저 잘했죠?" 나는 수박 국물을 흘리며 말했다.
"잘하네, 잘해."
할아버지는 손뼉까지 치시며 웃으셨다. 그리고 나는 계곡으로 걸어가 흐른 수박 국물을 씻어냈다. 할아버지가 내게 다가오셨다.
"이거 할 줄 알아요?"
할아버지는 바닥에 있는 작은 돌멩이를 주워 물수제비 놀이를 하셨다. 통통 통통 네 번이나 튀겼다.
"아유, 당연히 할 줄 알죠."
나는 자신 있게 말했다.
"한 번 해봐요."
할아버지는 돌을 던지시며 말했다. 그래서 나는 바닥에서 작은 돌멩이를 주워서 물로 던졌다. 그런데 돌멩이가 통통통 튀기지 않고 그대로 풍덩, 빠져 버렸다.
"허허허."
할아버지는 웃으셨다. 그리고는 말씀하셨다.
"그렇게 하는 게 아니고 이렇게 요렇게 옆으로 살짝 틀어서 해봐요."

할아버지의 말씀에 나는 다시 돌멩이를 주워서 할아버지가 가르쳐주신 방법으로 던졌다. 그랬더니 2번 통통 튀겼다. 그래서 나는 다시 던지기 위해 돌멩이를 주웠다. 그때 할아버지가 말씀하셨다. "돌멩이도 아무거나 줍는 게 아니고 이렇게 요렇게 생긴, 좋은 걸 골라야 해."
할아버지가 납작하고 작은 돌멩이를 주워주시며 말씀하셨다.
"네! 다시 해볼게요."
나는 다시 던지려고 했다. 그때 할아버지가 몸짓을 알려주셨다.
"몸을 가만히 있는 것이 아니라 살짝 옆으로 비틀어 돌면서 던지는 거요."
할아버지가 되게 열정적으로 시범까지 보이시며 말씀하셨다.
"네, 다시 해볼게요."
그래서 나는 할아버지가 주워주신 돌멩이로 던졌다. 오! 이번에는 통통통 세 번 튀겼다.
"아이고 잘하네."
할아버지가 칭찬해 주셨다. 그렇게 할아버지와 저녁이 될 때까지 놀았다.
"집에 안 가나?"
할아버지가 말씀하셨다.
"아, 저 여행 중이에요."
나는 웃으며 말했다.
"그래? 그럼 이제 어디 가는데?"
할아버지가 놀라 물으셨다.
"오늘 밤은 기차에서 자고 내일은……. 또 내일 재미있는 게 있겠죠."
나는 해맑게 웃으며 말했다.
"그럼 오늘은 우리 집에 같이 가자."
할아버지가 따뜻하게 말씀하셨다.
"아니에요. 괜찮아요."
나는 거절하며 말했다.
"에이 가서 밥도 먹자."
할아버지가 내 손을 끌고 가셨다.
"알겠어요, 그럼 제 기차 타고 가시죠."
나는 할아버지 집에 가기로 했다.

"기차? 무슨 기차?"
"아 제가 기차를 타고 다니거든요."
 할아버지와 함께 기차에 탔다.
"야, 이 기차 신기하네. 직접 만든 건가?"
 할아버지가 궁금해 하시며 물으셨다.
"네, 제가 다 직접 만든 거예요, 색깔도 예쁘죠?"
 나는 웃으며 말했다. 그렇게 해서 할아버지와 함께 기차를 타고 할아버지 댁으로 향했다.
"할아버지, 댁이 어디세요?"
"저기로 해서 절로 가면 있어."
 할아버지는 애매한 답을 하셨다.
"뭐 어떻게든 가면 되겠지."
 라고 생각했다. 우여곡절 끝에 할아버지 댁에 도착했다. 할아버지 댁은 넓은 밭이 있는 곳에 있었다.
"할아버지 이 기차는 어디에 세울까요?"
"거기 아무 데나 세워."
 그래서 그냥 아무 데나 세웠다. 그리고 할아버지를 따라 집으로 들어갔다. 할머니가 계셨다.
"안녕하세요."
 나는 조심스럽게 말했다.
"아이고 누구야?"
 할머니는 나를 보시며 할아버지한테 물으셨다.
"계곡에서 만났어, 오늘만 우리 집에서 자고 가도 되지?"
 할아버지가 말했다.
"아이고 일로 와요. 빨리 밥 먹자."
 할머니는 밥을 차리시려고 했다. 그래서 나는 기차에 가서 카레 가루를 가져왔다.
"할머니, 제가 카레 해 드릴끼요?"
"카레? 그래그래."
 나는 물을 데워 카레를 만들었다.

"맛있죠?"
나는 할아버지와 할머니께 물었다.
"맛있네, 맛있네."
할머니가 말씀하셨다. 할아버지도 카레를 우걱우걱 드시면서 맛있다고 하셨다. 밥을 다 먹고 할아버지, 할머니께 물었다.
"할아버지, 할머니는 내일이 기대되세요?"
"잉? 뭔 소리야?"
할머니가 말씀하셨다.
"아휴 뭐 기대될 일이 있어야지, 그냥 오늘처럼 계곡 가서 당신 같은 사람 만나서 노는 게 다지 뭐."
할아버지가 말씀하셨다. 그러자 할머니도 말씀하셨다.
"그냥 하루하루 살고 있어요."
"근데 그것은 왜?"
할아버지가 물으셨다.
"아, 제가 여행을 하는 이유가 내일이 기대되는 삶을 사는 사람을 만나서 얘기를 나누는 것이거든요."
나는 웃으며 말했다.
"젊은 사람이 왜 그래요? 우리 같은 늙은이들은 이래도, 당신은 살날이 그렇게 많고, 앞길이 창창한데 뭐가 그리 걱정이 많아?"
할머니가 말씀하셨다. 뒤이어 할아버지도 말씀하셨다.
"내는 네 나이로 돌아간다면 다시 한번 진짜 못 해본 거 다 하고, 하고 싶은 거 다 하고살 것 같다. 그러니까 한 살이라도 젊을 때 하고 싶은 거 다 하면서 살아, 그거 뭐 별거 있나, 하고 싶은 거 다 하면서 살아."
할아버지는 추억에 잠긴 듯 말씀하셨다. 그 말을 듣고 나는 이제야 알 것 같았다. 내일이 기대되는 삶을 사는 것이 좋은 게 아니라 내가 이렇게 많은 따뜻한 사람들과 함께 살아간다는 것, 그 자체가 좋은 것이라는 걸.
"네, 그럴게요."
나는 짧은 대답을 했다. 할아버지와 할머니는 내가 말하지 않아도 다 아는 마음이었을 것이다. 그리고 나는 내일 집으로 돌아가기로 했다. 잠시 마당으로 나왔다. 넓은 밭에 쓸쓸히 서 있는 허수아비가 보였다.

"허수아비야 안 힘드니? 거기 계속 서 있어야 해서? 그래, 넌 새들이 가끔 찾아오겠구나."

나는 혼잣말을 했다. 노란 달도 내 얘길 듣고 있었다. 그렇게 하루를 보내고 다시 시골의 아침이 밝았다.

"할아버지, 할머니. 감사했습니다. 안녕히 계세요. 건강하세요."

마지막 인사를 하고 나는 빨간 기차를 타고 다시 집으로 돌아가고 있었다. 집으로 돌아가는 길에 여행을 출발하기 전 들렀던 햄버거 가게에 들러 햄버거를 사 가기로 했다. 햄버거가 먹고 싶었기 때문이었다. 햄버거를 주문하고 기다리다가 며칠 전 꼬마가 생각났다. 잘 지내고 있는지, 다친 데는 괜찮아졌는지 궁금했다. 시간이 지나 그 꼬마가 어른이 되어 지금의 나처럼 이런 여행을 하는 생각을 했다. 그러면 나는 여행에서 만났던 두 여자분들처럼 아낌없이 나눠주고, 할아버지, 할머니처럼 마음을 따뜻하게 해 주어야겠다고 생각했다. 햄버거를 사 들고 집으로 왔다. 콜라를 마셨다. 나의 이번 여행을 끝내듯이 모든 것이 싹 씻겨 내려가는 거 같았다. 나는 다시 태어났다.

작가 소개

| 황주은 | 경덕여자고등학교의 유일한 문예 창작 동아리 '글쓰소'의 부장으로 2년째 활동 중이다. 어릴 때부터 책 읽기, 글쓰기에 큰 관심이 있었으며 중학교 3학년 때, 책 쓰기 동아리를 하면서 처음으로 작가라는 꿈을 꾸게 되었다. 2020년에 나오는 책에 수록되어 있는 모든 글을 퇴고해서 매우 애정을 품고 있다. |

| 최민정 | 중학교 3학년 때 이야기를 만들어보고 싶다고 생각했었고 그러다 경덕여자고등학교에 입학해 '글쓰소' 동아리에 들어가 소설을 쓸 수 있었다. 웹툰 작가 또는 웹소설 작가가 되기를 꿈꾸며 미래를 살아간다. |

| 이채현 | 2004년 대구에서 태어났다. 경덕여자고등학교의 동아리 '글쓰소'의 부원이다. 글을 써 본 경험은 적지만 좋아하기 때문에 글 쓰는 방법에 대해 배우고, 진지하게 써 보고 싶어서 지금의 동아리에 들어가게 되었다. |

| 육장미 | 경덕여자고등학교의 유일한 문예 창작 동아리 '글쓰소'의 부원이다. 어릴 때부터 글을 쓰는 것을 좋아해, 초등학교 6학년 때 처음으로 글을 쓴 이후로 흥미를 갖게 되었다. 그 이후로 개인 만족용 글을 쓰다가, 중학교 3학년 때 처음으로 재미 삼아 웹사이트에서 글을 연재하게 된 계기로 글쓰기를 다시 시작했다. |

| 김보경 | 중학생 때부터 글쓰기에 관심이 있었고 책을 쓴 경험이 있어 고등학생이 되어서도 글을 쓰게 되었다. 다른 책들을 많이 읽어보며 자신도 그렇게 써 보고 싶다고 생각하지만 마음대로 되지 않는다. 글 쓰는 것은 재미있지만 후에 자신의 글을 보았을 때가 걱정되어 항상 더 좋은 글을 써 보려 노력한다. |

| 김유민 | 경운중학교를 졸업하고 2020년 경덕여자고등학교에 입학했다. 학기 초, 글쓰기에 열의를 가지고 문예 창작 동아리 '글쓰소'에 가입했다. 동아리 활동 중에 글쓰기가 생각보다 녹록지 않은 일임을 깨닫고 공부를 거듭하다가 같은 해 11월, 자신의 첫 작품을 발표한다. 취미는 그림 그리기, 노래 듣기다. |

배유빈	그저 좋아서 글을 쓰다 보니 고등학교 첫 시작도 글쓰소라는 동아리에서 활동하게 되었다. 좋아하는 마음 하나만 있다면 무엇이든 도전하니 어쩌면 무모하다고 할 수 있다. 글을 쓰는 것도 그냥 책이 좋아서, 글을 쓰는 게 재밌어서 시작하게 된 취미였다. 재능이란 말 앞에 이길 수 있는 게 없다고 생각하는 사람 중 한 명이었는데 어떤 일에 즐기고 재미를 느껴 좋아하는 사람이 더 강할 수도 있겠다고 느꼈다. 힘든 점도 있었으나 그런 것들이 기억도 안 날 정도로 좋은 경험이었고 덕분에 더욱 글에 관해 관심이 생겼다. 누군가에게 위로가 되는 글, 공감할 수 있는 글을 많이 쓰는 게 새로운 목표다.
이마음	경덕여자고등학교 문예 창작 동아리 '글쓰소'에 1학년으로 활동하고 있다. 처음 글을 쓴 것은 중학교 3학년 때였다. 친구와 함께 글쓰기 동아리에 들어갔었는데 글을 쓰면서 잘 써질 때도 있고 어색한 부분도 많기도 했지만, 친구들과 함께 이야기하고 수정하니까 괜찮은 작품이 나와서 뿌듯했다. 그래서 올해도 그 뿌듯함을 다시 한번 느끼고 싶어 이 동아리에 가입하게 되었다.
홍효빈	현재 경덕여자고등학교에 글쓰소 부원이다. 어릴 때부터 유독 만화책보다는 소설을 읽는 것을 좋아했기 때문에 글을 씨 본 적도 있었고, 고등학교에 들어가서 글쓰기 동아리에 들어갔다. 무엇보다도 살아가면서 소설 한 편 정도는 책으로 내보고 싶었기 때문에 이 기회를 발판으로 소설을 책으로 내보면서 지금보다도 더 넓은 세상에 살아가고 싶다.
정지원	경덕여자고등학교 문예 창작 동아리 '글쓰소'에서 활동하고 있다. 꿈꾸는 걸 좋아하고 상상하는 것을 좋아한다. 이야기는 우리가 가보지 못했던 세상을 담고 있다. 수많은 세상 중 내가 만든 세상도 있으면 좋을 것 같아 소설을 쓰게 되었다. 그리고 더 많은 세상을 만들어봐야겠다고 생각했다. 그러다 나중엔 우주까지 담을 정도로 말이다.

작가의 말

황주은(2학년 9반)

　작년에 이어서 올해도 글쓰소 부장을 맡으며 이런 활동은 꼭 해야지! 하며 구상해뒀던 것들이 많았는데 다 하지 못한 것 같아서 아쉬운 마음이 많이 듭니다. 부원들과 몇 번 보지도 못하고 아직 이름도 다 못 외웠는데 벌써 책을 출판한다니 마음이 시원섭섭하기도 합니다. 학기 초에 동아리를 만들 때만 해도 인원수가 적을까 매우 고민했는데 15명이라니 저에게는 과분하기도 하고 무거운 짐이기도 했던 것 같습니다. 작년보다 세 배나 많은 인원인 동아리를 잘 이끌어 나갈 수 있을까 걱정이 많이 됐었고 사실은 지금도 걱정하고 있습니다. 내가 과연 좋은 부장이었을까. 하고 반성하게 됩니다. 매일 글을 제출하라며 독촉만 한 것 같아서 부원들에게 미안한 마음도 조금 가지고 있습니다. 하지만 절대 부원들을 미워한 적은 없었습니다. 늘 사랑하는 마음으로 그랬다는 걸 부원들이 꼭 알아줬으면 좋겠습니다. 제가 책을 출판하는 것은 3번째이기는 하지만 떨리는 건 매한가지인 것 같습니다. 올해 글도 많이 노력한 결과이니 재미있게 봐주시길 부탁드립니다. 올해 책을 준비하면서 피곤한 눈을 무릅쓰고 부원 전원의 글을 읽고 퇴고하는 시간을 보냈습니다. 힘들고 고된 작업이었지만 좋은 경험이 된 것 같습니다.
　코로나 때문에 글을 쓰기 힘들었을 텐데 잘 따라와 준 올해 부원들에게 정말 고맙다고 말하고 싶고, 많은 도움 주신 동아리 담당 선생님이신 김소연 선생님께 감사하다는 말 꼭 하고 싶습니다. 또 작년에 이어 올해도 책 표지, 엽서, 책갈피를 만들어준 경덕여자고등학교 미술 동아리 '화홍' 부원들에게도 정말 감사하다는 말 드리고 싶습니다. 우리가 모두 함께했기에 좋은 결과물이 나올 수 있었던 것 같습니다.
　소설을 처음 내면서 고민과 걱정이 많았습니다. 책에 소설을 내는 것은 정말 처음이라 많이 떨리지만 재미있게 읽어주세요. 사실 페트라는 아직 완결되지 않은 작품입니다. 뒷내용이 아직 많이 남아 있어서 이 책에 들어간 내용은 예고편 정도인 것 같은데 나중에 제가 정말 작가가 된다면 이 이야기로 꼭 소설을 쓰기로 약속합니다.
　올해는 책을 세 권이나 만들어서 잘 팔릴지 걱정이 됩니다. 코로나 때문에 동아리 성과 발표회가 잘 이루어질지조차도 잘 모르지만 괜찮을 거라 믿습니다.

　작년에 책을 사서 읽고 난 후에 너무 잘 읽었다며 책에 사인을 받으러 오신 몇몇 분이 계셨는데 정말 감동이었고 올해도 당연히 그러셔도 됩니다.

　자신의 진로를 위해 올해 함께하지 못했지만, 작년에 부부장이었던 효정이에게도 중간중간 동아리에 관련한 고민을 들어줘서 고맙다고 말하고 싶습니다! 글을 다 퇴고해서 그런 건지 너무 주절주절 말한 것 같습니다. 이런 모습도 귀엽게 봐주시길 부탁드립니다.

　책을 사서 이 말을 보고 계신 여러분들을 정말 사랑하며 꼭 베스트셀러 작가로 성장할 수 있도록 노력하겠습니다. (그렇게 된다면 이 책은 정말 한정판이 되는 거네요.)

최민정(1학년 3반)

　안녕하세요. '전학생의 비밀' 소설을 쓴 최민정입니다. 중학교 때 이야기 쓰는 것에 흥미를 느끼긴 했었지만, 책을 쓰는 것은 처음이라 떨리고 그만큼 기대도 되었습니다. 전학생의 비밀은 제가 학교에서 쉬는 시간마다 스토리를 조금씩 생각해서 종이에 적어 놓으면서 만들어진 스토리예요. 그런데 소설에 넣으려고 생각한 스토리와 캐릭터는 많은데 그걸 다 넣으면서 빨리 마무리를 하려다 보니 뒤 이야기에는 대화 형식으로 스토리를 쓰지 못해 내용이 조금 이상해진 감도 있고 완전히 다 넣지는 못했지만 혹시 내용이 조금 이상하다는 생각이 드시더라도 양해 부탁드립니다. 그리고 앞서 썼던 그녀는 선수처럼 전학생의 비밀에서도 약간이나마 코믹성을 넣고자 조연인 선생님의 이름을 '나요자' 라고 지었는데요. 왠지 나요자라고 말하면 '나 여자라고' 하는 거 같은 느낌이 들어서 재밌을 것 같아서 그렇게 지었어요. 그리고 '오뉴월' 이라는 이름은 '여자가 한을 품고 죽으면 오뉴월에도 서리가 내린다.'라는 말에서 따온 이름이에요. 아무래도 뉴월이는 타살로 죽었다 보니 한을 품을 수밖에 없었으니까요. 또 요하랑 유한이는 이름을 짓다 보니 우연히 초성을 똑같게 해서 짓게 되었어요. 우연히 초성이 같게 이름을 지어서 이름을 바꾸려다 커플 느낌도 나고 좋은 거 같아서 굳이 이름을 바꾸진 않았어요. 그리고 소설 읽어 주신 분들 감사합니다!

이채현(1학년 8반)

안녕하세요. 글쓰소 부원이자 작가인 이채현입니다. 작가라고 말하니 조금 쑥스럽네요. 글을 쓰는 것을 좋아하지만 진지하게 임해본 적은 없었습니다. 그런데 올해 동아리 활동을 늦게 시작하다 보니 들어가자마자 글을 써야 했기에 어떤 식으로 써야 하는지도 모르고 소재도 생각이 잘 나지 않아서 쓰기 어려웠습니다. 소설 소재를 생각하는 데 많은 시간이 걸렸습니다. 읽어보기만 했지 써본 적은 없었거든요. 읽어보면 아시겠지만, 저의 글쓰기 실력이 미숙하다고 느껴질 거예요. 더 넣고 싶은 내용이 있었지만 그러면 내용이 뒤죽박죽 이상해질 것 같아 못 적었습니다. 결말도 얼렁뚱땅하지만 그러려니 하며 생각해 주시면 좋겠습니다. 만약 저의 소설을 끝까지 보신 분이 계신다면 감사 인사를 전하고 싶어요. 제가 봐도 소설이라고 하기 애매하고 재미도 없거든요. 미흡하고 아쉬운 소설이지만 다음의 글을 쓸 수 있게 좋은 경험했다고 생각합니다. 이번 기회로 글쓰기가 더 좋아졌고, 앞으로도 계속 글을 쓸 예정입니다. 얼른 책이 만들어져서 받고 싶네요. 마지막으로 저의 글 읽어 주셔서 감사합니다.

육장미(2학년 9반)

처음에는 친구의 권유로 '병맛'인 글을 쓰려고 했었는데, 아무리 해도 도저히 써지지 않았습니다. 더구나 그때는 좋아하던 사람과 이별을 한 지 얼마 되지 않았던 때라서 더욱더 그렇게 쓰고 싶지 않았습니다. 그렇지 않아도 마감까지 얼마 남지 않아서, 결국 일기라고 생각하고 제 이야기를 이 글에 담았습니다. 결말이 궁금하신 분들을 위해 말씀드리자면, 결국 제 욕심으로 인해 두 번 다시는 못 만나게 되었습니다. 마지막으로 읽어 주셔서 감사합니다.

김보경(1학년 6반)

 '느티나무 아래서'를 쓴 김보경입니다. 달달한 로맨스를 쓰고 싶었는데 제 글에서의 당분의 최고치에요…… 사실 삼각관계를 써보려 하다 너무 얽힐 것 같아서 그만 이 부분을 쓸 생각을 접었습니다. 이 글의 비하인드를 말씀드리자면 사실 현준이는 주희가 자신을 째려볼 때 속으로 귀엽다는 생각을 했답니다! 겉으로 표현하지 않았지만 주희를 엄청 귀여워했어요. ㅋㅋ 귀여운 현준이. 제 글 재미있게 봐주셨으면 좋겠습니다!

김유민(1학년 2반)

 처음으로 인사드립니다. 이번에 같은 문장 소설집에서 '어제와는 다르게'로 참여한 김유민입니다. 글쓰소에 처음 들어왔을 때 자기소개 하는 시간을 가졌습니다. 동아리 선생님의 언제부터 글을 쓰기 시작했냐는 물음에 당황한 나머지 거짓말을 해 버렸습니다. 어릴 때부터 글을 썼다고 대답했지만 사실 제 의지로 이렇게나 길고 완성도 높은 글을 쓰는 건 이번이 처음입니다. 큰 노력을 기울였음에도 결과물을 보면 여전히 만족스럽지는 않습니다.
 일단 쉬운 일이 아니라는 생각을 참 많이 했습니다. 힘들었고요, 고통스러웠습니다. 저는 손이 느립니다. 만 자, 이만 자 거뜬하게 써 내려가는 분들도 계시는가 하면 저처럼 천 자를 쓰는데도 며칠을 끙끙 앓는 분들도 있습니다. 첫 작품이 좋은 작품이 되었으면 좋겠다는 생각은 분명 저의 욕심이었습니다. 소설을 쓰면서 이리저리 부딪히고 수많은 심적 고통을 감내했던 걸 생각하면 시는 비교적 쉽게 쓴 것 같습니다. 오해의 소지가 있을 수도 있다는 생각에 정정의 말을 조금 얹자면 즐겁지 않았다고 얘기하려는 것은 아닙니다. 창작 활동은 언제나 즐겁습니다. 실제로 글쓰기에 조금 더 재미를 붙이는 계기가 되기도 했고요. 부족한 점을 고치고자 안 읽던 책도 오랜만에 꺼내 읽었습니다. 저는 이 과정에서 즐거움뿐만 아니라 배움도 얻었습니다.
 원고를 제출하고 후련한 마음으로 쓰는 거라 잡담이 좀 많습니다. 제가 어떤 노력을 들였는가에 상관없이 객관적인 시선에서 제 작품이 받아들여졌으면 합니다. 제 글을 재미있게 읽으셨다면 다행입니다. 작품 얘기는 어디 가고 칭얼거리는 얘기밖에 없네요.

경황없이 쓰다 보니 길어졌습니다. 조금 급하게 줄이겠습니다. 이걸 보시는 모두가 건강하셨으면 좋겠습니다. 감사합니다.

배유빈 (1학년 3반)

처음 글에 관심을 가진 건 그저 글 쓰는 게 재밌어서라는 단순한 이유였습니다. 그래서 어떤 글을 쓰는지엔 큰 관심 없이 그냥 글을 쓰는 게 재밌다는 생각만 하고 있었습니다. 그러나 글을 쓸수록 생각이 바뀌더군요. 지금 힘든 누군가 나의 글을 읽고 위로를 받을 수 있는 글, 공감을 할 수 있는 글, 웃고 싶을 때 보고 웃을 수 있는 글. 그런 글들을 쓰고 싶어졌습니다. 왜냐면 저도 힘들 때 조용히 시집이나 에세이를 읽으며 위로를 받은 적이 많았기 때문이죠. 세상에 사람이 어마어마하게 많고 그 많은 사람의 생각도 셀 수 없이 많고 그 많은 생각들 속 감정들도 하루에 수백 번 바뀌며 살아가고 있죠. 그렇지만 실제로 나의 이야기를 솔직하게 말하고 나의 이야기를 듣고 공감해주며 위로해줄 사람은 그 수많은 사람 중 한 명이 있다면 성공한 인생이라 할 정도로 지금까지의 세상은 제가 원하는 만큼 따뜻하진 않은 것 같더라고요. 하지만 책 한 권이 정말 수많은 사람에게 힘이 되고 위로가 될 수 있다는 것을 글에 관심을 가지면서 알게 되었습니다. 그래서 저도 그런 글을 써보고 싶었던 것이죠. 저는 제가 선택한 길이 올바른 일이 맞는지, 내가 잘하고 있는 건지 누군가에게 묻고 싶을 때가 있습니다. 그런 고민이 깊어질 때 누군가 들어주기만 한다면 그걸로 정말 고마울 것 같다는 생각을 많이 합니다. 하지만 제 이야기를 다 하기는 저한테 쉬운 일이 아니었고 그럴 때 답이 되어준 것은 한 권의 책, 한 페이지의 문장들이었습니다. 그래서 나의 시들은 다 누군가의 하루를, 누군가의 마음에 공감해 주고 위로해 줄 수 있는 시들을 쓰려고 최선을 다했습니다. 우리는 간발의 차로 버스를 놓치고, 건너뛴 곳에서 시험문제가 나오고 별안간 일자리를 잃기도 합니다. 그럴 때 세상은 나를 싫어하는가. 하늘이 날 왜 도와주지 않는가. 별의별 생각을 다 하기 마련이지요. 이처럼 많든 적든, 사람들은 한 번씩 자신이 이 세상에 적합하지 않다고 생각합니다.

하지만 마음이 아플 데로 아파보면 자신이 세상에 살기 부적합한 것이 아니라 사람마다 마음속 세상이 다르다는 것을 이해하는 날이 올 것입니다. 자신을 사랑한다고 다른 사람을 싫어하는 뜻은 아니며 자신의 삶을 우선으로 생각하는 것과 이기적인 것은 별개라는 사실을 항상 믿기 바랍니다. 결국 우리는 결말이 어떻든 간에 자기가 좋아하는 방식으로 살면 되니까요. 마지막으로 시와 소설을 써보면서 어려움을 많이 겪었습니다. 완벽하게 쓰려고 하니 계속 단어를 바꿔보고 새로 쓰기도 하면서 말이죠. 하지만 다 쓰고 나서 보니 너무 보람 있고 제가 쓴 글을 보며 어쩌면 나도 모르게 나를 생각하며 썼을 수도 있겠다는 생각을 느끼며 또 한 번 저를 되돌아보고 힘을 얻을 수 있었습니다. 고등학교 첫 시작을 함께한 동아리 글쓰소에서 저의 글을 쓸 수 있게 되어 너무 기쁘고 영광이었습니다.

이마음(1학년 3반)

어느 한 날, 글을 쓰면서 만약 제가 주인공의 친구라면 어떤 사람일지, 주인공을 어떻게 대할지 등을 생각해 본 적이 있습니다. 주인공의 성격을 생각해보면 저와 비슷한 점이 많아 아마 제 주변 친구들처럼 이야기 나누고 사소한 것으로 다투는 등 시시콜콜한 이야기를 하며 지낼 것이라고 많이 생각했습니다. 가끔가다가 글이 잘 안 써질 때도 있었는데 그럴 때마다 친구들에게 연락해서 짧은 담소도 나누고 그 담소를 통해 아이디어도 얻고 친구들과 이야기하는 시간을 보낼 수 있어서 좋았습니다.

홍효빈(1학년 3반)

안녕하세요. '루시드 드림'을 쓴 홍효빈입니다. 처음에 소설을 쓰려고 했을 때는 굉장히 막막했는데 등장인물 성격이나 스토리를 짜다 보니 생각보다 글을 쓰는 게 재미있었습니다. 솔직히 글을 중반 정도를 쓰니 내가 지금 이걸 왜 하고 있는지 현타가 왔었지만……. 그래도 글은 잘 마무리되었고 이제 책을 출판하는 일만 남았네요.

처음에는 별생각 없이 일상물에 대해서 시작하려고 했지만, 초반에 내용을 갈아엎고 자각몽에 대해 다루었습니다. 원래는 스릴러로 가지 않고 일상 코미디로 적으려고는 했었다마는…. 네…. 결국에는 그것도 때려치우고 일상에서 약간 일탈한 장르가 나와버렸습니다. 소설을 볼 때 린과 하민이의 성별이 나오지 않았었죠? 딱히 이유가 있어서 안 밝힌 건 아니지만 사실은 언제 끼워 넣을지 몰라서 쓰지 않았다.라고 작가가 말하고 있네요.! 위험한 상황 속에서도 린과 하민이의 개그물을 쓰고 싶었지만 많이 넣지 못해서 조금 아쉽다고 생각해요. 이건 딱히 열린 결말이라고 보기에는 그렇지만 마지막 부분이 좀 의미심장하죠? 네. 그건 그러라고 넣은 겁니다. 원래는 린과의 관계를 풀고 끝내면 좋겠지만 관계를 풀지 않고 끝내니 조만간 사건 하나가 터질 듯한 뉘앙스라서 넣었습니다. 수호령이라고 속인 존재는 원래 없던 캐릭터이지만 중간에 조력자가 필요할 것 같아서 급하게 넣은 캐릭터입니다. 다만 그게 최종 흑막인 것 같지만…. 베일에 싸여있는 수호령이라는 존재는 과연 무엇일까요…? 작가인 저도 모른답니다! 아직 정확하게 캐릭터를 설정한 게 아니기 때문이죠. 이제까지 말한 말들은 아무 말 대잔치였습니다. 솔직히 저도 지금 무슨 말을 하고 싶은 건지는 잘 모르겠지만 여기까지 읽어주신 독자님들, 이 글을 읽고 퇴고하시는 분 또한 매우 감사합니다! 지금까지 아무 말 대잔치나 하는 홍효빈이었습니다. 다시 한번 감사의 말씀 올리겠습니다.

정지원(1학년 8반)

안녕하세요. '내일의 여행' 이라는 소설을 쓴 정지원입니다. 이 이야기는 한 사람이 내일이 기대되는 삶을 살기 위해 여행을 하면서 많은 사람들을 만나 따뜻한 세상을 알게 되고 희망을 얻어 행복한 삶을 찾게 되는 이야기입니다. 여러분들도 행복한 삶을 사시길 바랍니다. 저는 아름다운 세상을 꿈꿉니다. 우리가 함께 아름다운 세상을 만들면 좋겠습니다.

오늘도 어제와 비슷한 하루였다
ⓒ 2021 대구광역시교육청 책쓰기 프로젝트

인쇄	———	2021년 2월 15일
발행	———	2021년 2월 18일

엮은이	———	김소연
글쓴이	———	경덕여고책쓰기동아리 글쓰소
책임편집	———	박주연
디자인	———	전은경, 임수진

펴낸 곳	———	도서출판 책방
주소	———	대구시 동구 안심로22길 60-21, 107호
전화번호	———	053-982-0100